라퐁텐 우화

꿈 자람 세계 명작 1
라퐁텐 우화

지은이 장 드 라퐁텐
옮긴이 붉은여우
펴낸이 안용백
펴낸곳 (주)넥서스

초판 1쇄 인쇄 2013년 8월 5일
초판 1쇄 발행 2013년 8월 10일

출판신고 1992년 4월 3일 제311-2002-2호
121-840 서울시 마포구 서교동 394-2
Tel (02)330-5500 Fax (02)330-5555

ISBN 978-89-6790-170-7   04800

www.nexusbook.com
넥서스주니어는 (주)넥서스의 어린이 브랜드입니다.

꿈자람
세계 명작 ❶

김욱동 문학 박사님과 함께
깊이 있게 작품 읽기

라퐁텐 우화

장 드 라퐁텐 지음 | 붉은여우 옮김

넥서스주니어

차례

⭐ 부록 문학 박사님과 함께하는 《라퐁텐 우화》

까마귀와 여우

까마귀가 치즈를 입에 물고 나뭇가지에 앉아서 쉬고 있었다. 그때 여우 한 마리가 다가왔다.

"안녕하세요? 까마귀 선생님, 당신은 언제 보아도 반할 만큼 정말 멋지군요. 오늘은 날개에서 유난히 빛이 나는군요. 이건 그냥 칭찬하는 것이 아니랍니다. 정말 부럽습니다. 게다가 소문에는 노래 솜씨도 대단하다고 하던데 유감스럽게도 나는 아직 한 번도 들어보지 못했답니다. 그 빛나는 날개에 뛰어난 노래 솜씨라니, 얼마나 멋질까? 단 몇 소절만이라도 지금 꼭 들어보고 싶군요."

이 말을 들은 까마귀는 여우가 허풍쟁이인 줄 알면서도 기분이 좋아져서 자기도 모르게 그만 '까악!'하고 외쳤다.

순간 입에 물고 있던 치즈가 여우의 발치에 떨어지고 말았다. 그러자 여우는 잽싸게 치즈를 먹어치웠다. 그리고는 유쾌하게 한 마디를 던지고 자리를 떠났다.

"까마귀 선생! 남의 아부에 그렇게 쉽게 넘어가다니, 정신 좀 차려야겠소. 앞으로는 자기 분수를 좀 알고 사시오. 이 세상에 공짜는 없는 법이니 치즈는 그걸 배운 대가로 낸 수업료라고 여기시오."

여우에게 한 방 먹은 까마귀는 분하고 창피했지만 아무 말도 할 수가 없었다. 그리고 앞으로는 남에게 절대로 속지 않겠다고 다짐했다.

두 마리의 노새

노새 두 마리가 등에 짐을 진 채 나란히 걸어가고 있었다. 한 마리는 머슴과 밀가루 자루를 지고, 또 한 마리는 주인과 돈이 가득 든 자루를 지고 있었다.

주인과 돈 자루를 진 노새는 걸어가는 동안 이따금 다른 노새를 힐끔 쳐다보며 자신이 맡은 역할과 주인의 신분에 만족해했다. 그래서 짐이 무겁게 등을 짓눌러도 잘 참고 발목에 달린 종을 딸랑딸랑 울리면서 걸어갔다.

그때 돈 자루를 빼앗으려고 노리고 있던 도둑 떼가 나타났다. 도둑 떼는 머슴과 밀가루 자루를 진 노새 쪽은 거들떠보지도 않고 모두 돈 자루를 진 노새를 습격했다. 그리고 저항하는 주인과 노새를 칼로 찌르고는 재빨리 돈을 빼앗아 사라지고 말았다.

큰 상처를 입은 노새는 고통스럽게 신음했다.

"주인과 돈을 짊어진 것을 명예로 알고 열심히 일했는데. 아! 그 결과가 바로 이런 죽음이라니. 밀가루를 진 저 하찮은 노새는 살아남고 나는 이렇게 죽는구나."

잠시 후, 도망갔던 머슴과 밀가루 자루를 짊어졌던 노새가 돌아왔다. 그러나 주인도 노새도 이미 살아날 가망이 없어 보였다. 바닥에 드러누워 괴로워하며 죽어가는 노새를 보며 밀가루 자루를 짊어진 노새가 탄식했다.

"이보게! 밀가루 자루를 지든 돈 자루를 지든, 머슴을 태우든 주인을 태우든, 노세 신세는 달라지지 않는다네. 등에 태우는 사람의 지위나 신분이 우리가 노새로 살아가는 데 뭐 그리 중요한가? 그런 것들은 결국 인간 세상의 일이지 않는가? 너도 돈 자루를 운반하지 않고 밀가루 자루를 운반했더라면, 아니 충성심을 발휘하지 않고 주인과 짐을 재빨리 버리고 도망쳤더라면 이런 꼴은 당하지 않았을 거라네."

늑대와 개

비쩍 말라 뼈와 가죽만 남은 늑대 한 마리가 먹을 것을 찾아 헤매고 있었다. 오늘도 종일 주린 배를 안고 돌아다녔지만 먹이를 찾을 수 없었다.

사냥개들이 주인의 사냥터를 너무나 잘 지키고 있어서 늑대가 잡아먹을 만한 것이 하나도 없었다. 그때 살이 통통하게 찌고 털에 윤기가 나는 개 한 마리를 만났다. 그 개는 이 일대를 다스리는 지주의 사냥개였다. 개들은 항상 몇 마리씩 몰려다녔는데 웬일인지 오늘은 혼자 돌아다니고 있었다.

평소 개에게 원한이 있던 늑대는 당장 달려들어 물어뜯고 싶었지만, 개의 큰 덩치에 그만 주눅이 들고 말았다. 말라빠진 몸으로 개와 싸워서 이긴다는 것은 어림도 없는 일이라고 생각되었다. 얼핏 봐도 상대는 다리가 굵고 자신보다 몸통도

커 보였다.

'안 되겠어. 아무래도 나보다 힘이 셀 것 같아. 잘못했다가
는 큰일 나겠어.'

기가 죽은 늑대는 꼬리를 낮추며 슬금슬금 다가갔다.

"어떻게 하면 당신처럼 훌륭한 털을 가질 수 있나요?"

개가 대답했다.

"네 털이 나처럼 좋지 않은 것은 네가 그렇게 되고 싶어 하
지 않기 때문이야."

그리고 이렇게 말했다.

"이제 숲을 돌아다니며 허세 부리는 것도 그만둘 때가 되
지 않았어? 네 친구들은 말라빠진 몸으로 겨우 고깃덩어리
한 조각이라도 찾겠다고 숲을 헤매고 있지 않니? 그나마 먹
을 것을 구하면 다행이지만 그렇지 못하면 굶어 죽게 되잖
아. 이제 너희들 시대는 지났어. 이제부터라도 제대로 살고
싶으면 내 친구가 되어야 해."

어딘지 모르게 친밀한 개의 말투에 늑대는 솔깃해졌다.

"어떻게 하면 되는데?"

"어렵지 않아. 적이 나타나면 짖고, 거지가 오면 쫓아내면
돼. 식구들에게는 순하게 굴고, 특히 주인을 즐겁게 해주면
되지. 그 정도만 하면 집에서 매일 배부르게 먹을 수 있어."

이 말을 듣자 늑대는 눈앞이 환해졌다. 배가 불러 행복해하는 자신의 모습이 떠올라 감격의 눈물까지 나오려고 했다. 늑대는 그렇게 하기로 결심하고 개를 뒤따라가고 있었다. 그런데 개의 목덜미에 허옇게 털이 빠진 자국이 눈에 띄었다.

"목이 왜 그래?"

"아무것도 아니야."

"아무것도 아니라고? 그런데 왜 멋진 털이 그곳만 빠져 엉성한 거야?"

"별 거 아니야."

이상하게 생각한 늑대가 자꾸 묻자 개는 마지못해 대답했다.

"아마 목걸이 자국일 거야."

"목걸이?"

늑대는 잘 이해가 되지 않았다.

"왜 목걸이를 해?"

"집에 있을 때는 묶여 있어야 해. 원래 그런 거야."

이 말을 들은 늑대는 깜짝 놀랐다.

"뭐라고? 묶여 있다고? 그러면 가고 싶은 데를 마음대로 가지도 못하겠네?"

"익숙해지면 그렇게 불편하지도 않아."

"목이 묶여 있는데 괜찮다고? 너는 괜찮을지 몰라도 나는 절대로 그렇게는 못 살아!"

이렇게 말한 늑대는 미련 없이 돌아서서 숲 속으로 달려가 버렸다.

송아지와 새끼 염소, 새끼 양의 회사

송아지, 새끼 염소, 새끼 양이 모여 함께 회사를 차리기로 했다. 그런데 무엇 때문인지 누구나 무서워하는 사자도 여기에 동참했다. 회사를 발족하기 위해서 먼저 모여 규정을 만들었는데 노동과 보수, 이익, 손해까지도 전부 공평하게 나누기로 했다.

어느 날 새끼 염소가 일을 하기 위해 숲 속에 덫을 설치했는데 그 덫에 사냥감이 걸려들었다. 새끼사슴이었다. 새끼 염소는 이것을 어떻게 처리해야 할지 몰랐다. 회사를 설립할 때 규정을 만들어 놓았기 때문에 모두에게 사냥감이 걸린 것을 알렸다. 이내 모두 한자리에 모였고, 잡힌 먹잇감을 분배하기 위한 회의가 시작되었다. 대뜸 사자가 말했다.

"이 사냥감을 나누어가질 권리를 가진 것은 우리 넷이니,

만장일치 하에 분배하자."

그렇게 말해 놓고 나서 사자는 순식간에 먹잇감을 네 등분으로 찢었다. 그리고 그 가운데 하나를 들고는 말했다.

"누가 뭐래도 이것은 내 것이야. 다들 이의 없지? 나는 동물의 왕인 사자니까. 자, 그러면 두 번째 고기, 이것 역시 내가 가져야겠다. 모두 알다시피 이 중에서 내가 제일 힘이 세니까. 그리고 세 번째 고기 말인데, 이것도 당연히 내 것이야. 이유는 말할 것도 없이 나만큼 용기 있는 자가 이 중에 없기 때문이다. 그런데 마지막으로 남은 고기는⋯⋯."

이렇게 마음대로 세 덩어리의 고기를 차지한 사자는 잠시 뜸을 들이더니 소리쳤다.

"너희 가운데 만일 멋대로 이 고기에 손을 대는 놈이 있으면 죽여 버리겠다!"

인간과 동물들

어느 날 만물의 창조주인 하느님이 이 세상에 사는 모든 동물을 불러 모았다.

"내가 너희들을 만든 뒤 많은 세월이 흘렀다. 그래서 오늘 다시 묻겠다. 만일 너희들의 생김새에 불만이 있다면 망설이지 말고 말하거라."

하느님이 먼저 원숭이에게 물었다.

"어떠냐? 너는 다른 동물에 비해 부족함 점이나 불만스러운 점이 있느냐? 아니면 지금 모습에 만족하느냐?"

그러자 원숭이가 말했다.

"불만은 별로 없습니다. 손발이 다 있고 귀도 눈도 입도 다른 동물들과 다 똑같이 있으니까요. 제 모습에 관해서는 아무런 불만이 없습니다. 그런데 앞으로 고칠 수 있다면 저 곰을 좀 손 봐 주십시오. 저 얼굴은 마치 그리다 만 그림 같지 않습니까?"

모두 숨을 죽이며 곰을 바라보았다. 하지만 곰은 원숭이의 말에 조금도 개의치 않는 얼굴이었다. 오히려 자신의 얼굴을 자랑스러워하며 창조주에게 감사를 드린 후 태연하게 말했다.

"제 생각에는 저 코끼리가 문제라고 봅니다. 정말 형편없지 않습니까? 저 몸에 저 꼬리라니. 귀도 너무 크고, 바보같이 큰 몸집은 정말 봐줄 수가 없습니다. 코끼리야말로 어떻게 해주어야 할 것 같습니다."

모두 놀라서 바라보았으나 코끼리는 곰이 그랬듯이 흔들림 없는 자신감과 만족감을 말했다.

"저는 괜찮습니다. 고래야말로 너무 큰 것 같습니다. 아무래도 불쌍해서 못 봐 주겠어요."

개미는 자기보다 작은 동물을 불쌍하다고 했고, 낙타는 기린의 목이 길어 부자연스럽다고 했다. 하느님은 모두 자기 문제는 접어두고 다른 동물의 생김새만 걱정하는 것을 보고 대견하게 생각했다. 마음에 걸리는 점이 없지 않았지만 동물들이 모두 자기 자신에 대해서는 대충 만족하고 있는 것 같아 그런 대로 안심이 되었다. 그래서 새삼스럽게 동물들의 생김새에 손을 댈 필요가 없다고 생각하고 모두 해산시켰다.

모인 동물들이 모두 집으로 돌아간 뒤, 하느님도 그 자리를 떠나려고 할 때였다.

"잠깐 기다려 주세요!"

다급한 말소리에 돌아보니 아직 아무 말도 하지 않은 인간들이 남아 있었다.

"왜 그러느냐? 바라는 게 있느냐?"

인간들은 서로 얼굴을 보며 망설이는 듯했다. 그중 한 사람이 용기를 내어 말했다.

"부탁이 있습니다. 제 얼굴을 좀 더 예쁘게 만들어 주실 수 없나요?"

그 말을 신호로 인간들이 일제히 떠들어 대기 시작했다.

"제 키를 좀 더 크게 해 주세요."

"나는 그렇게 큰 것을 바라지는 않습니다. 코를 약간만이라도 높여 주세요."

인간들의 소리는 점점 커졌다. 먼 곳에 있던 인간들은 필사적으로 하느님에게 다가가려고 밀치거나, 자신의 소원을 전하려고 크게 소리를 질렀다. 소동은 점점 더 커졌고, 도대체 누가 무슨 말을 하는지 전혀 알아들을 수 없었다.

"조용히 하라!"

참다못한 하느님이 화가 나서 소리쳤다. 그러자 인간들은

뿔뿔이 흩어져 숨어 버렸다. 하느님은 한심한 생각이 들었
다. 하지만 이 자리에 인간을 부른 것도 자신이고 그들을 만
든 것도 자신이었기에 하나만이라도 불만을 들어 주자고 마
음먹었다. 인간들이 살아가는 데 특별히 부족한 것을 해결해
주고자 가장 가까이에 있는 남자에게 물어보았다.

"너는 무엇이 불만인가?"

그러자 남자가 대답했다.

"제 모습을 보기 좋게 바꿔 주세요."

하느님은 난감했다. 인간을 만들 때 자신을 모델로 하여 다
른 동물보다 훨씬 공을 들였고, 그렇기 때문에 인간들은 남
자든 여자든 나름대로 잘 만들어졌다고 생각하고 있었다. 그
런데 인간들은 무슨 불만이 그리 많은지 도무지 알 수가 없
었다. 그래서 다시 물었다.

"코끼리같이 커지고 싶은가?"

"아닙니다. 말도 안 됩니다."

"그러면 개미같이 작아지고 싶은가?"

"아니, 천만에요."

"그러면 도대체 어떻게 되고 싶다는 것이냐?"

그러자 한 사람이 말했다.

"어떻게, 라고 딱 꼬집어 말할 수는 없지만 그냥 좀 더 좋게

해줄 수는 없으신지요?"

그 말을 들은 하느님은 더욱더 이해할 수 없었다.

"그렇다면 예를 들어 보거라."

그러자 그 사람은 다른 사람을 가리키면서 말했다.

"저는 이 사람보다 얼굴은 훨씬 잘생겼지만 저 사람에 비한다면 비참할 뿐입니다."

이 말을 들은 하느님은 그 사람에게 이유를 물었다.

"얼굴은 잘생겼지만 키가 좀 작다는 것입니다."

그러자 옆에 있던 인간들이 갑자기 자신들의 불만을 늘어놓기 시작했다. 그리고 서로 자기를 먼저 고쳐 달라고 아우성을 쳤다. 이것을 본 하느님은 한심해했다.

하느님은 만물을 창조할 때 사람들이 모두 같은 모습이면 구별도 어렵고, 사는 재미도 없을 것 같아서 남자와 여자를 막론하고 미묘하게도 서로 다르게 만들었다. 그런데 무엇이 어떻게 잘못되었는지 인간들은 불평불만을 일삼고 있었다. 하느님은 고개를 가로저으며 아우성을 치는 인간들을 두고 그 자리를 떠나 버렸다.

제비와 참새

    세상일을 많이 알려면 여행을 하는 것이 제일이다.

    여행을 많이 한 제비 한 마리가 있었다. 그 덕택에 제비는 동물들에 관한 일이나 날씨에 대해 자세하게 알고 있었다. 이를테면 자연의 재앙이 어떤 때에 누구에게 내릴지 미리 알기도 했고, 태풍이 오기 전에 그 징조를 알고는 뱃사람들에게 미리 알려 주기도 했다. 그래서 목숨을 구한 뱃사람의 수가 하나 둘이 아니었다. 제비가 뱃사람들을 살려야 한다는 의무감 때문에 그렇게 한 것은 아니었다. 하지만 장차 일어날 나쁜 징조를 알고도 모른 척할 수가 없었다. 제비는 그렇게 남을 위할 줄 아는 착한 품성을 지니고 있었다.

    어느 날 제비가 참새들과 이야기를 나누고 있었다. 그때 농부가 밭에다 씨를 뿌리기 시작했다. 이것을 본 제비가 깜짝 놀라며 참새들에게 말했다.

"얼마 후 먼 곳으로 떠날 나는 괜찮지만 저 농부가 뿌리고 있는 씨가 너희들에게는 불행의 씨앗이 될 거야. 내 눈에는 저 농부가 너희들을 파멸로 이끄는 씨앗을 뿌리고 있는 것으로 보여. 내 눈에는 새를 잡는 그물에 걸려 몸부림치는 너희들의 처참한 모습이 보여. 또 너희들이 불에 구워지는 모습도 보여. 그러니 지금 농부가 뿌린 씨를 모조리 먹어 치워."

참새들은 제비의 말을 들은 척도 하지 않았다. 농부가 뿌린 씨앗을 일일이 주워 먹지 않아도 먹이가 많았기 때문이다. 참새들 중에는 제비에게 바보라고 놀리거나 불길한 말을 하는 놈이라며 화를 내는 참새도 있었다. 얼마 후 씨앗에서 싹이 트고 무럭무럭 자라서 잎이 초록색으로 변했을 때, 제비가 다시 참새들에게 말했다.

"저것들이 더 자라기 전에 뽑아 버리지 않으면 장차 정말 큰일을 당하게 돼."

그러나 참새들은 제비의 말에 전혀 귀를 기울이지 않았다.

"먹을 수도 없는 것을 뽑아 버리라니. 왜 우리가 그 고생을 해야 한담."

"저렇게 많은 것을 뽑으라니. 도대체 얼마나 힘든 일인지 알고나 하는 말일까?"

어떤 참새는 저 멍청한 제비를 다른 곳으로 쫓아 버리자고 말했다.

그러는 사이 가을이 되어 곡식이 익었다. 참새들이 제비를 보고 말했다.

"봐! 네 말을 듣지 않기를 잘했지?"

"네 말대로 했으면 이렇게 풍성한 먹이를 잃어버렸을 게 아냐."

참새들의 말을 듣고 제비는 다시 걱정이 되었다.

'저들은 왜 알지 못할까? 머지않아 농부들이 여기저기 그물을 칠 텐데. 그러면 그물에 걸려들고 말 텐데.'

걱정을 하던 제비는 무시당하는 줄 알면서도 또다시 말해 주지 않을 수 없었다.

"나는 이곳을 떠나면 그만이지만 마지막으로 한 가지 가르쳐 줄게. 내 말을 믿어야 해. 절대로 곡식 근처에 가지 말고 곡식을 먹으려고도 하지 마. 눈에 보이지 않는 그물이 너희들을 기다리고 있을 거야. 내 말을 흘려듣지 말고, 꼭 야산에서 지내도록 해."

참새들에게 그 말은 멍청한 제비의 헛소리였다. 맛있는 곡식을 눈앞에 두고 어떻게 그런 말에 귀를 기울이겠는가. 오히려 배가 고파진 참새들은 함께 모여서 맛있는 식사를 하게 되었다고 축가를 불렀다. 노래를 마치자마자 일제히 환호성을 지르며 밭으로 몰려갔다. 밭으로 날아간 참새들은 제비가 말했던 대로 농부가 쳐 놓은 그물에 걸려 모두 잡히고 말았다.

늑대와 새끼 양

어느 날 새끼 양이 냇가로 물을 먹으러 갔다. 그때 늑대가 나타났다. 그런데 운이 나쁘게도 그 늑대는 배가 고픈데다 기분이 몹시 상한 상태였다. 별 생각 없이 물을 먹으러 왔던 늑대는 새끼 양을 보자 괜히 시비를 걸었다.

"야! 새끼 양아. 왜 내 물을 더럽히는 거야? 무슨 일이든 해서 좋은 일이 있고 나쁜 일이 있는 법이야. 아무래도 교육을 받아야겠어. 당장 이리 와!"

새끼 양은 자기가 무엇을 잘못했는지도 모른 채 미안한 얼굴을 하고 늑대 앞으로 갔다.

"죄송합니다만, 제가 무슨 잘못을 했나요?"

"내가 먹을 물을 더럽혔잖아!"

늑대가 소리를 버럭 지르며 화를 냈다.

"하지만 저는 아래쪽에서 물을 마셨는데요."

새끼 양이 기어들어가는 목소리로 말하자 늑대는 아랑곳하지 않았다.

"너, 작년 여름에 내 욕을 하고 다녔다면서?"

"죄송하지만, 저는 그때 태어나지도 않았어요."

"뭐라고? 그러면 네 형이 그랬구나."

"저에게는 형이 없는데요."

"듣기 싫어! 너희들 중 누군가가 그랬어. 너희들 전부가 나를 바보로 알고 있단 말이야!"

새끼 양이 늑대의 등등한 기세에 눌려 아무 말도 못하고 있었다.

"그것 봐. 사실이지? 너희들 전부 나쁜 놈들이야. 이 자리에 없는 너희 부모형제는 어쩔 수 없지만 내 앞에서 나쁜 짓을 한 너는 용서할 수 없다. 나쁜 짓을 한 놈은 벌을 받아야 해."

이렇게 해서 새끼 양은 어처구니없게도 늑대에게 잡아먹히고 말았다.

이 세상에는 강자의 주장이 앞선다. 그래서 흔히 이기는 게 정의라고 말하는지도 모르겠다.

거울 속의 자기 얼굴

자만심으로 가득 찬 왕자가 있었다. 그는 자기 얼굴이 세상에서 가장 멋지고 자기 행동만이 항상 올바르다고 생각했다. 그리고 잘못된 것은 모두 남 탓으로 돌렸다. 자신을 나쁘게 말하는 자가 있으면 질투나 음모를 꾸민다고 생각했다.

하지만 정작 왕자는 머리도 좋지 않았고, 얼굴은 물론 특별히 잘난 것은 하나도 없었다. 오로지 자신에게 도취되어 있는데다가 곁에서 아부하는 간신들 때문에 자만심이 더욱 커졌다.

어느 날 왕자는 이웃 나라로부터 친선의 뜻으로 값비싼 거울을 선물 받았다. 표면이 잘 연마된 유리로 된 이 거울은 동이나 철로 된 거울과 달리 모든 것이 실물과 똑같이 비쳤다.

그런데 왕자는 그 거울을 보고는 불쾌하여 소리를 질렀다.

"무슨 거울이 이 모양이야? 얼굴이 일그러져 보이지 않느냐. 더 좋은 거울은 없느냐?"

얼마 후 이웃 국가에서 더 잘 연마된 거울을 보내 왔다.

"전의 것과 같지 않은가. 나를 바보로 아느냐?"

왕자는 또 화를 내면서 거울을 가지고 온 이웃 나라 사신을 죽여 버렸다.

그것을 본 운명의 여신은 생각을 했다.

'이대로 가다가는 전쟁이 나는 것은 시간문제고 내 평판까지 나빠지겠어.'

여신은 왕자가 진실을 깨달을 수 있도록 하기 위해 잘 보이는 거울이 대량으로 값싸게 만들어지도록 역사의 시계 바늘을 약간 앞으로 돌려놓았다. 그러자 실물과 똑같이 보이는 거울이 나라 안 곳곳에 퍼지게 되었다.

그렇게 해서 자연히 왕자는 어디를 가든 거울에 비치는 자기 얼굴을 보지 않을 수가 없었다. 방 안과 복도는 물론이고 시녀들도 거울을 들고 있어 결코 잘생겼다고 할 수 없는 왕자의 얼굴이 정확하게 비쳤다. 거울이 모든 것을 있는 그대로 비춘다는 것을 알게 되자, 왕자는 거울 속의 얼굴이 자신의 진짜 얼굴이라는 사실을 인정하지 않을 수 없었다. 그러자 자존심이 상한 왕자는 자신의 얼굴을 보지 않고 살기 위

해 깊은 산속으로 들어가 버렸다.

하루는 왕자가 아름다운 꽃이 피어 있는 숲 속을 걷다가 시냇물을 발견했다. 목이 말라 물을 마시려고 얼굴을 시냇물에 가까이 댔을 때, 왕자가 발견한 것은 그토록 잊으려고 애썼던 자신의 얼굴이었다.

아홉 개의 머리를 가진 용

터키 대왕의 사신이 독일 황제를 찾아갔을 때의 이야기다.

독일 황제는 당시 독일을 통일한 왕으로서 그 권위와 세력이 절정에 달해 있었다. 그리하여 그는 자신이야말로 전 세계의 황제라고 생각하고 있었다. 그런데다 이전에는 어깨에 힘을 주던 제후(諸侯)들도 그즈음에는 독일 황제에게 고개를 숙이고 때마다 선물과 인사를 빼놓지 않았다. 국가는 평화로웠고 국민들은 황제에게 감사했다.

황제는 여러 제후들과 힘겹게 싸워 항복을 받아내던 지난 시절을 그리워하며 회상에 잠기곤 했다. 호화롭게 지어진 궁전은 독일의 각지에서 찾아오는 사신들과 진기한 선물을 가지고 세계 여러 나라에서 찾아오는 상인들로 항상 붐볐다.

터키 대왕의 사신이 찾아온 것은 이 무렵이었다. 당시 터키는 서에서 동으로 걸친 동방에 광대한 영토를 가진 강국이었다. 이 터키의 대왕을 화나게 한 나라는 어떤 나라든 견뎌내지 못했다. 그런 터키 대왕의 사신이 멀리 독일 황제를 찾아온 이유는 무엇이었을까?

'우리 독일 제국의 힘이 터키에까지 미쳤다는 것인가? 아니면…….'

독일 황제는 속으로 우쭐했지만 한편으로는 불안감을 느끼면서 사신을 만나러 나갔다. 터키 대왕의 사신은 미소를 머금고 앉아 있었는데, 몸집은 작고 무기도 갖고 있지 않았다. 자세히 살펴보니 입고 있는 옷도 그다지 화려하지 않았고 위엄을 갖춘 얼굴도 아니었다.

독일 황제는 고압적으로 물었다.

"용건이 무엇인가?"

사신은 공손한 태도로 새로운 국가의 황제에게 인사를 하러 왔다고 말했다. 기분이 좋아진 독일 황제가 물었다.

"터키는 대단히 큰 국가라고 알고 있네. 물론 호걸들도 많겠지?"

그러자 사신은 싱긋 웃으면서 대답했다.

"아니 그렇지도 않습니다."

더욱 기분이 좋아진 독일 황제는 이렇게 말했다.

"우리 독일에는 전부 스물네 개 지역의 제후들이 각각 열 명의 호걸을 거느리고 있으며, 또 저마다 자신의 성을 거느리고 있다네."

그러자 독일 황제의 신하가 큰 소리로 말을 이었다.

"스물네 명의 제후를 전부 통치하시는 분이 바로 우리 황제 폐하이십니다. 게다가 황제 폐하를 따르는 스물네 명의 제후의 검술 실력은 그들 부하 열 명의 호걸을 모두 합친 정도이고, 그 호걸들은 각각 혼자서 다른 나라의 군대와 싸워서 이길 수 있을 정도로 강합니다."

이 말을 들은 터키의 사신이 여전히 웃으면서 말했다.

"예전에 저는 숲 속에서 아홉 개의 머리를 가진 용을 만난 적이 있습니다. 그 용이 이빨을 드러내고 달려들 때 '이제 죽었구나'하고 기절을 했지요. 그런데 기절을 했다가 순간 정신이 들어 쳐다보니 여전히 용의 아홉 개나 되는 머리가 큰 입을 벌리고 저를 삼키려 하고 있었습니다. 가만 보니 용이 왠지 괴로운 듯이 숨을 몰아쉬고 있지 않겠습니까? 자세히 보니 용은 아홉 개의 머리를 각각 다른 나뭇가지 사이로 들이밀고 서로 저를 물려고 하고 있었습니다. 그런 상태이다 보니 목이 나뭇가지 사이에 끼어 앞으로도 뒤로도 움직이지 못했지요. 하나의 머리가 앞으로 나가려고 힘을 쓰면 다른 머리들이 나뭇가지에 걸렸습니다. 나뭇가지에 걸린 머리를 빼려고 해도 앞으로 나가려고 하는 다른 머리 때문에 뜻대로 되지 않았습니다. 아홉 개의 머리는 각각 그 엄청난 힘으로 저마다 밀고 당기다가 결국 화가 나서 서로 물어뜯기 시작했지요. 그것을 보며 저는 가까스로 그 자리에서 도망쳤습니다. 아홉 개의 머리를 가진 용도 그러했는데 만일 스물네 개나 되는 머리를 가진 용이 있다면 사태가 어떻게 되겠습니까? 황제 폐하! 이 독일의 숲 속에도 혹시 그런 괴물이 살고 있지는 않겠지요?"

터키 대왕의 사신은 독일 황제에게 정중하게 인사를 한 뒤 유유히 자리를 떠났다.

불행한 남자와 죽음의 신

　매일같이 자신의 불행을 탄식만 하는 남자가 있었다. 남자는 입만 열면 이렇게 말했다.

　"아, 죽음의 신이여! 어째서 내게 빨리 오지 않는가? 이렇게 너를 고대하고 있는데. 빨리 와서 내 불행한 인생을 끝내준다면 얼마나 좋을까?"

　죽음의 신은 이 남자가 자신을 부르는 소리를 못 들은 것은 아니지만, 자신을 좋아하는 인간이 그리 많지 않다는 것을 잘 알고 있었기 때문에 한참 동안 상대하지 않고 있었다. 그런데 계속 지켜보니 이 남자는 정말로 자신을 기다리고 있는 것 같았다. 남자는 누구를 만나더라도 입버릇처럼 중얼거렸다.

　"이런 인생은 정말 싫다. 내 소원은 죽음의 신이 와서 내 인생의 막을 한시라도 빨리 내려주는 것이다."

결국 죽음의 신은 세상에서 가장 불행한 남자의 소원을 빨리 들어주어야겠다고 생각했다. 죽음의 신은 남자가 보통 때보다 더 큰 소리로 소리친 어느 날 아침, 그 남자의 집으로 찾아갔다. 그렇게 자신의 방문을 열망하던 사람이었으니 얼마나 기뻐할까, 기대하며 죽음의 신은 설레는 마음으로 문을 열었다. 그러나 남자는 죽음의 신을 보자마자 비명을 질렀고 두려움에 벌벌 떨면서 소리쳤다.

　　"썩 꺼져라! 이곳은 네가 올 곳이 아니다."

　　죽음의 신은 기가 막혀 혼자 중얼거렸다.

　　"인간이란 이래서 알 수 없는 존재란 말이야."

닭과 진주

어느 날 닭이 먹이를 찾아 땅바닥을 쪼다가 우연히 진주를 발견했다.

"이게 뭐야! 옥수수인 줄 알았는데."

어느 날 개가 산 속에서 주인이 쏜 사냥감을 찾다가 사금이 들어 있는 자루를 발견했다.

"이게 뭐야! 겨우 찾았다고 생각했는데."

어느 날 무식한 남자가 창고를 청소하다가 대단히 귀중한 고서를 발견했다. 하지만 남자는 그것이 무엇인지 알려고 하지도 않고 난로의 불쏘시개로 써 버렸다.

말벌과 꿀벌

어느 날 벌집 하나를 가지고 싸움이 일어났다.

눈에 잘 띄지 않는 으슥한 곳에 꿀이 많은 벌집이 있었다. 그런데 지나가던 말벌이 이것을 보고 자기 벌집이라며 차지해 버렸다. 그 벌집을 만든 꿀벌은 멀리까지 가서 꿀을 따다가 한참 만에 돌아와 보고는 깜짝 놀랐다. 말벌이 벌집을 떡하니 차지하고 있었던 것이다.

"이건 내 집이야!"

꿀벌이 따져 말했다.

"무슨 소리! 이건 내 집이야!"

말벌도 지지 않고 자기 집이라고 우겼다. 꿀벌이 아무리 말해도 말벌은 막무가내였다. 말벌은 덩치가 크고 힘도 세어 함부로 굴 수가 없었다. 꿀벌은 할 수 없이 법정에 호소했다.

이것이 꿀벌의 집이라는 것은 엄연한 사실이었다. 그러나 말벌이 우기고 있는 한 사실을 따질 수밖에 없었다. 꿀벌은 남들 눈에 띄지 않으려고 너무 외진 곳에 집을 지은 것을 후회했다.

재판은 왕벌이 하기로 했다. 재판은 어디까지나 증거에 의해 판결하는 것이었다. 불행하게도 벌집이 으슥한 곳에 있었기 때문에 꿀벌이 집을 짓는 것을 목격한 자가 없었다. 물론 말벌이 만드는 것을 본 자도 없었다. 하지만 꿀벌에게 증인이 없는 이상 꿀벌의 것이라고 판단하기가 어렵다고 왕벌이 말했다. 그래서 증인을 찾아내는 동안 재판은 휴정되었다.

꿀벌은 동료들을 총동원하여 필사적으로 증인을 찾아보았다. 벌집 근처 나무에 사는 올빼미가 도와주기로 했다. 다시 재판이 열리고, 올빼미가 증언대에 서서 졸린 표정으로 말했다.

"분명히 그 벌집 근처에서는 언제나 붕붕거리는 꿀벌의 날개 소리가 들렸습니다."

꿀벌은 올빼미의 증언으로 다 해결되었다고 생각했다. 이때 말벌이 말했다.

"내 날개 소리도 붕붕거리는데요?"

이렇게 해서 올빼미의 증언은 소용이 없어졌고, 새로운 증인을 찾기 위해 재판은 여러 날 휴정되었다. 꿀벌은 다시 새로운 증인을 찾아보았으나 허사였다. 이를 보다 못해 벌집 아래에 사는 개미가 나섰다.

"저 벌집은 확실히 하늘을 날아다니는 것에 의해 만들어졌습니다. 또한 높아서 잘 보이지 않았지만 그것은 배에 검은 줄무늬가 있었습니다."

유감스럽게도 개미의 증언도 아무런 도움이 되지 못했다. 이러는 동안에 시간이 흘러 꿀벌이 애써 모은 꿀이 벌집 안에서 못쓰게 될 즈음, 꿀벌 한 마리가 중얼거렸다.

"이런 바보 같은 짓에 시간 보내고 있느니 차라리 새로운 집을 만드는 것이 낫겠다."

그 순간 꿀벌에게 결정적인 해결책이 떠올랐다.

"그래! 간단한 문제였어! 애매한 남의 말에 의존하니까 어려운 거야. 저 집과 똑같은 집을 만들 수 있는 기술을 가진 자가 진짜 주인이야."

이 말이 끝나자마자 꿀벌들은 힘을 합쳐 집을 만들기 시작했다. 벌집은 순식간에 문제의 벌집과 똑같은 모양으로 지어졌다. 그러나 이미 그때는 말벌이 사라지고 난 뒤였다.

늑대와 여우의 싸움

　어느 날 늑대가 중요한 물건을 도둑맞았다고 경찰에 신고
를 했다.

　"아무래도 옆집 여우가 수상해요. 내가 저놈 옆에 살고 있
기 때문에 잘 아는데, 지금까지 나쁜 짓을 많이 해왔거든요.
저놈이 범인임에 틀림없어요. 저놈을 잡아서 조사해 주세
요."

　경찰은 지금까지 나쁜 짓을 많이 한 늑대가 무슨 소리를 하
는가 싶기도 하고, 혹시 늑대가 어떤 나쁜 짓을 꾸미는 게 아
닌지 의심이 갔지만 신고가 들어온 이상 조사를 해야 했다.
게다가 여우가 의심스럽다고 지명까지 했으므로 여우의 집
을 방문하지 않을 수 없었다.

　경찰이 찾아오자 여우는 뾰족한 입을 더 내밀면서 따지기

시작했다.

"어째서 내가 범인이라는 거예요? 저놈이 하는 말을 진짜로 들으면 어떻게 해요? 지금까지 이 마을에서 얼마나 많은 사람이 저놈에게 물건을 빼앗기고 울었는지 알잖아요. 나도 지금까지 얼마나 당했는데요. 그런데 경찰이 그런 놈의 말을 믿고 선량한 나를 의심하다니 정말 너무하는 거 아녜요? 범인을 전혀 짐작할 수 없기 때문에 모두 조사해야 한다면 할 수 없지요. 경찰의 일이니 협력을 해야지요. 하지만 왜 나만 의심해요? 증거도 없는데 왜 나만 범인 취급을 하나요? 공정하게 처신하고 시민을 지켜 주어야 할 경찰이 이러면 되겠습니까?"

조리 있게 말 잘하는 여우 앞에서 경찰은 조사는 고사하고 오히려 여우에게 고소당할 판이었다. 그런데 그때까지 아무 말도 안 하고 구경만 하고 있던 늑대가 끼어들었다.

"여전하구나. 말만 많은 놈! 그렇게 해서 네 죄를 숨기려는 모양인데, 어림도 없지. 저놈의 사기 때문에 얼마나 많은 선량한 시민이 고통을 받았는데요. 속으면 안 돼요! 나쁜 놈을 잡는 것이 경찰이 할 일이잖아요. 저놈은 남의 물건을 훔친 나쁜 놈이니, 어서 체포하세요."

늑대의 말대로 여우를 체포할 수도 없고, 그렇다고 여우를 조사할 수도 없었다. 이럴 바에야 처음부터 늑대의 말을 믿지 않는 건데, 하고 후회했지만 이미 때는 늦었다.

이래저래 곤란해진 경찰에게 갑자기 좋은 생각이 떠올랐다.

'그래! 이 일은 판사에게 넘기자. 내가 해결할 수 있는 일이 아니다.'

경찰은 가벼운 마음으로 둘을 법정에 데리고 갔다. 이렇게 해서 늑대와 여우의 싸움은 원숭이 판사 앞에서 계속되었다. 장소가 장소인지라 조금은 얌전해지지 않을까 했지만, 늑대와 여우는 평소대로 조금도 양보하지 않고 떠들어 댔다. 남의 물건을 훔치던 늑대는 도둑맞았다고 떠들어 댔고, 역시 태연히 남을 속이던 여우는 거짓말이라고 소리쳐 댔다. 앞에 앉아 있는 원숭이 판사는 안중에도 없었다.

"네가 훔쳐 갔다는 걸 나는 알고 있어!"

"네가 속이고 있다는 걸 나는 잘 알고 있다고!"

이렇게 서로 으르렁대며 싸우는 모양을 잠자코 보고 있던 원숭이 판사가 말했다.

"가만히 들어보니 늑대 씨, 당신은 지금까지 상당히 많은 물건을 훔친 것 같은데 이번에 당신이 도둑맞았다는 물건이 정말로 당신 것이라는 증거를 대시오. 그리고 여우 씨, 당신이 지금 거짓말을 하고 있지 않다면 정말로 거짓이 아니라는 증거를 대시오. 이번 기회에 확실하게 해두기 위해 또 앞으로 이런 싸움이 일어나지 않도록 하기 위해 나와 경찰과 이 마을에 사는 모두가 증인이 되어 당신들 집에 가겠소. 그래서 물건 하나하나가 정말로 당신들 것인지 아닌지 설명을 들으면서 확인해 두겠소. 시간이 좀 걸리겠지만 할 수 없지요. 그렇게 해두면 무엇이 늘었고 무엇이 줄었는지, 무엇이 훔친 것이고 무엇이 도둑맞은 것인지 일목요연하게 알 수 있지 않겠소? 그러면 앞으로 당신들이 싸울 일도 없고, 또 무슨 일이 생길 때마다 마을 사람들에게 도둑이나 사기꾼이라는 의심을 받을 일도 없지 않겠소?"

원숭이 판사의 말이 채 끝나기도 전에 늑대와 여우는 어느새 자취를 감추고 없었다.

독수리와 쇠똥구리

독수리가 하늘에서 토끼를 겨냥하고 곧장 수직으로 날아 내려왔다. 이것을 눈치 챈 토끼가 있는 힘을 다해 자기 집을 향해 달려갔다. 그런데 당황한 토끼는 자기 집까지 가지 못하고 집 근처에 있는 쇠똥구리 집으로 달려갔다. 하지만 이 집은 겨우 토끼 코끝도 들어가기 힘들 정도로 작은 구멍에 지나지 않았다. 쇠똥구리가 놀라서 밖으로 나와 보니 평소 자기 집 구멍으로 운반하기에 적당한 크기의 둥근 똥을 누어 주던 토끼였다. 늘 고맙게 생각하고 있던 이웃집 토끼가 얼굴을 박고 떨면서 살려달라고 애걸하고 있지 않은가.

그러는 사이 독수리가 날개 소리도 요란하게 날아와 큰 발톱으로 토끼를 꽉 움켜쥐었다. 이때 쇠똥구리가 끼어들었다. 쇠똥구리는 이집트에서는 신의 사자라고까지 불리며 소중하게 대접받는 곤충이었다. 쇠똥구리가 의연한 태도로 독수리에게 말했다.

"새의 여왕인 독수리여! 곤충의 황제인 내 말에 잠시 귀를 기울여 주시오. 당신의 발톱 안에서 목숨을 구걸하고 있는 것은 나의 친한 이웃인 토끼랍니다. 이것이 나와 관계없는 곳에서 일어났다면 아무리 좋은 이웃이라고 하더라도 세상의 인과려니 여기고 아무 말 없이 바라보기만 할 것이오. 그러나 여기는 내 집 앞이고 게다가 토끼는 나를 의지하려 피난 온 것이오. 물론 독수리 여왕으로서는 모처럼 잡은 것을 놓아 주기가 아까울 것이나 기껏 토끼 한 마리에 지나지 않소. 마음만 먹으면 또 잡을 수 있을 것이오. 얻는 것이 인연이라면 잃는 것도 인연이며 또 새의 여왕과 곤충의 황제가 만난 것도 인연 아니겠소? 좋은 인연이라고 여기고 나를 봐서라도 토끼를 그냥 놓아 줄 수 없겠소?"

쇠똥구리가 당당한 태도로 말했으나 독수리는 말없이 큰 날개로 쇠똥구리의 머리를 내리쳤다. 쇠똥구리는 떼굴떼굴 몇 바퀴 구른 다음 몸이 뒤집혀 허우적거렸다. 그 사이에 독수리는 토끼를 움켜쥐고 자기 집으로 유유히 날아가 버렸다.

그러나 그것으로 사건이 끝난 것은 아니었다. 자존심이 몹시 상한 쇠똥구리는 굴욕을 삼키고 일어나 날개를 떨며 독수리 집을 향해 날아갔다. 독수리 집은 큰 나무 위에 있었지만 쇠똥구리가 날아갈 수 없을 만큼 높지는 않았다. 둥지 안에는 예상했던 대로 독수리 알이 몇 개 있었다. 쇠똥구리는 독수리가 없는 것을 확인하고는 알 곁으로 다가갔다.

"불쌍한 토끼의 원수, 내가 받은 모욕의 대가다!"

뒷발로 알을 굴려 하나하나 모두 나무 밑으로 밀어내 버렸다. 얼마 후 집으로 돌아온 독수리는 귀중한 알이 전부 없어진 것을 보고 큰 슬픔에 잠겼다. 자식을 잃은 어버이의 마음은 누구나 같은 것이다. 비통한 독수리의 울음소리가 반년이나 숲 속에 울렸다.

그로부터 반년이 지나 다시 산란의 계절이 왔다. 독수리는 두 번 다시 비극이 일어나지 않도록 이번에는 높고 높은 암벽 위에 집을 짓고 알을 낳았다. 그러나 쇠똥구리는 독수리가 새 집에 알을 낳은 것을 알고는 곧바로 찾아 나섰다. 자신의 날개로 날아갈 수 있는 곳까지는 날아가고, 날아갈 수 없는 곳에서부터는 튼튼한 여섯 개의 다리로 기어 올라갔다.

"불쌍한 토끼의 원수, 내가 받은 모욕의 대가다!"

다시 알을 굴려 벼랑 밑으로 떨어뜨려 버렸다. 부모에게 자식을 잃는 것은 미래를 잃는 것과 마찬가지다. 이번에도 비통한 독수리의 울음소리가 반년이나 대지에 울려 퍼졌다.

그리고 다시 반년이 지나고 또 산란의 계절이 왔을 때, 독수리는 최후의 수단으로 자신의 수호신인 제우스에게 알을 맡아 달라고 부탁했다. 제우스가 알을 받아가지고 하늘로 올라가려고 하는 순간이었다. 이를 알고 또다시 나타난 쇠똥구리는 제우스의 깨끗한 옷에 똥을 갈겨 버렸다. 놀란 제우스가 더러운 똥을 털어버리려고 손을 드는 순간, 독수리의 알은 모두 땅에 떨어져 깨지고 말았다. 이 광경을 본 독수리는 이제 슬프다기보다는 화가 났다.

"당신이 진정 신이오? 인간의 어린애도 하지 않을 실수를 하다니. 신이 그 정도밖에 안 된다면 이제 믿고 싶지도 않아."

독수리의 말을 듣고 보니 전지전능한 신으로 통하던 제우스도 할 말이 없었다. 제우스는 독수리를 달래어 쇠똥구리와 화해를 주선하기로 했다. 그러나 화해는 쉽지 않았다.

"내가 너의 말을 무시하고 너를 친 것은 잘못이었다. 용서해라."

"사라진 생명도 상처받은 자존심도 두 번 다시 되돌려지지 않는다."

쇠똥구리는 사과를 받아 주지 않았다.

"그러면 내가 잃어버린 알들은 돌려받을 수 있는 것인가?"

"그것이 인과라는 것이다."

쇠똥구리는 작은 곤충이라고는 생각할 수 없을 정도로 도도하고 차갑게 말했다.

끝까지 둘이 화해를 하지 않자, 제우스는 결국 독수리가 알을 낳는 시기를 쇠똥구리가 동면하는 겨울로 바꾸어 줌으로써 겨우 문제를 해결했다고 한다.

수탉과 여우

어느 날 수탉이 근처에서 어슬렁거리는 여우를 발견하고 나무 위로 피난을 갔다. 한참 있으니 여우가 곁으로 다가와 말했다.

"수탉아, 수탉아! 나무 위에서 낮잠 자는 것도 운치가 있구나. 그런데 오늘은 그런 곳에서 한가롭게 낮잠 자고 있을 때가 아니야. 왜냐하면 깜짝 놀랄 굉장한 뉴스를 가지고 왔거든. 잘 들어봐. 나는 앞으로 살생을 하지 않기로 맹세했어. 정말 좋은 소식이지? 살아 있는 동물끼리 상처를 주거나 죽이거나 하면 안 된다고 생각해. 이 근처에 사는 동물들이 서로 그런 짓을 하면 어떻게 될까? 끔찍한 일이지. 사실 우리 모두 친구잖아. 너도 나도 꿩도 두더지도 하나밖에 없는 생명을 가진 친구들이잖아. 그러니 서로 물어뜯는 짓은 그만두기로 했지. 물론 나도 알고 있어. 문제가 많은 것은 나라는 사실을. 이제 모든 것을 잊어 주기 바라. 나도 이제 옛날 여우가 아니라고. 이제까지 내가 왜 나쁜 짓을 했는지, 정말 요 며칠 동안 마음이 괴로워서 한잠도 자지 못했어. 고민하고 생각한 끝에 내린 결론은 우리 모두 사이좋게 지내자는 것이야. 그러니 오늘부터 너와 나는 형제와 같다. 자! 거기에 있지 말고 내려오렴. 둘이서 이 경사스러운 날을 축하하자. 나의 결심을 이야기할 상대는 너밖에 없다고 생각했어. 너와 내가 손을 맞잡고 과거를 덮어 버리고 서로 얼싸안는 순간, 이 숲 속에는 영원한 평화가 올 거야. 빨리 내려와. 나는 이 소식을 다른 동물들에도 알려야 하거든.”

여우가 말하는 것을 듣고 수탉이 말했다.

“좋지, 그것 참 좋은 일이야. 여우야! 오늘부터 이 숲 속에서 싸움이 사라진다니 너무 기뻐서 눈물이 날 지경이야. 하지만 이 기념해야 할 역사적인 순간을 우리 둘이서만 축하하면 안 되지. 마침 저기 너의 적이었지만 이제는 형제가 될 사냥개가 오고 있네. 그를 불러 우리 모두 축하하자. 어이! 사냥개야, 빨리 와!”

수탉의 말을 듣는 순간, 여우는 쏜살같이 자취를 감추었다.

공작의 호소

어느 날 공작 한 마리가 제우스신의 아내인 헤라 여신에게 호소를 하고 있었다.

"여신님! 저는 아무 이유 없이 화를 내는 게 아닙니다. 이유도 없는데 항의할 정도로 바보 천치가 아닙니다. 이것을 먼저 알아주시기를 바랍니다. 아무래도 저를 만드는 데 실수가 있었던 것 같습니다. 실수가 아니고 변덕 때문이라면 너무하셨습니다. 신이 할 일이 아니라고 생각합니다. 도대체 제 목소리를 왜 이렇게 만드셨나요? 이 형편없는 목소리 때문에 모두 저를 싫어합니다. 저 휘파람새는 큰 날개도 없고 색깔도 볼품없는데 저렇게 예쁜 목소리를 가졌으니 분하기 짝이 없습니다. 봄이 되면 저 예쁜 목소리로 보란 듯이 뽐내며 노래합니다. 그래서 모두에게 봄의 가수라고 칭찬을 받습니다. 너무 불공평합니다. 백조도 저에 비하면 너무 행복합니다. 저렇게 새하얀 날개를 갖고 있고, 게다가 그 날개로 멀리까지 날 수 있어 북극이나 남극으로 해마다 긴 여행을 하지 않습니까? 그들에 비하면 저는…….”

공작은 이렇게 끝도 없이 호소를 하고 있었다.

당신도 혹시 공작과 같은 인간이 아닌지 돌이켜 볼 일이다.

목동이 된 늑대

어느 날 늑대는 생각했다.

'아무래도 요즘에는 노력하는 것에 비해 실속이 너무 적은 것 같아. 좀 더 좋은 방법이 없을까? 그렇게 고생을 했는데 기껏 토끼나 너구리 한 마리라니. 이런 시시한 사냥감이 아니라 최고급인 양고기를, 그것도 한꺼번에 많이 손에 넣을 수는 없을까?'

물론 그런 것이 마음먹은 대로 간단히 된다면 무슨 고생이 필요하겠는가. 늑대도 그것을 잘 알고 있었다. 그렇지만 늑대는 양고기를 한꺼번에 많이 얻는 방법을 필사적으로 궁리했다. 이렇게 궁리에 궁리를 거듭한 결과 굉장한 방법을 생각해 냈다. 양치기로 변장하여 양 떼를 몽땅 잡아먹자는 것이었다.

이 생각이 왜 굉장한 것이냐면 힘들이지 않고 양 떼를 한꺼번에 손에 넣는다는 것도 물론 대단하지만, 양치기로 변장한다는 점이 정말 기가 막힌 방법이라고 생각되었기 때문이다. 사실 양치기는 생각만 해도 분노와 공포로 몸이 떨리는 원수 같은 존재였다. 이런 생각은 자신이 아니면 누구도 할 수 없는 것이라고 생각하면서, 최대한 주의를 기울여 일생일대의 연극에 착수했다.

그러나 아무리 착상이 좋다고 해도 완벽하게 실천하기가 어디 그리 쉬운 일인가. 우선 키가 문제였다. 늑대는 시험 삼아 뒷발로 서 보았다. 양치기의 키와 거의 같아서 일단 안심했다. 그 다음 문제는 늑대의 온몸을 감싸고 있는 털이었다. 여러 모로 궁리한 끝에 언젠가 양치기가 코트 같은 것을 입었던 것을 생각해 내고는 그것을 입기로 했다.

또 하나의 문제는 당연히 얼굴이었다. 사람과 늑대의 얼굴은 전혀 달랐다. 그러나 사람에게는 모자라는 것이 있어 큰 모자를 쓰면 늑대인지 사람인지 얼굴을 분별할 수 없을 것 같았다. 게다가 양치기는 늘 모자 같은 것을 쓰고 있지 않은가. 몇 차례 연습해 본 결과 챙이 큰 모자를 쓰고 머리를 약간 수그리면 얼굴이 거의 보이지 않는다는 것을 알게 되었다.

늑대는 한술 더 떠 모자에 꽃을 장식하기로 했다. 사람이

나 양은 물론이고 동물이라는 것들은 아름다움에 눈이 팔리면 다른 것에는 소홀해진다고 생각했다. 늑대는 자신의 꾀에 도취해서 지팡이 끝에도 꽃을 달기로 했다. 이만하면 상대의 주의가 분산될 것 같았다. 게다가 지팡이가 없으면 두 다리로 먼 거리를 걸어갈 수 없었으므로 늑대에게는 아주 안성맞춤이었다.

이렇게 여러 가지 준비를 하고 보니 모든 것이 계획대로 잘 될 것 같았다. 예전에 잠자고 있는 젊은 양치기를 습격하여 잡아먹은 적이 있었는데, 그때 양치기의 도구들을 버리지 않고 가지고 있었다. 신발을 신으면 발이 감추어졌고 소매를 늘어뜨리면 손도 보이지 않았다.

'인간이라는 것은 몸에 두르고 있는 것 때문에 그럴듯해 보이는 별것 아닌 동물이구나.'

모든 것이 생각한 대로 잘 되자 쓸데없는 생각까지 할 만큼 여유가 생겼다. 늑대는 한 점 흠 잡을 데 없는 복장으로 양 떼가 있는 목장으로 향했다. 가는 도중에 늑대는 근처 밭에서 일하는 농부를 만나게 되었다. 몹시 긴장한 데다 두 발로 걷는 것이 불편하여 떨렸지만 모자 밑으로 살펴보니 자신이 늑대인 줄 모르는 것 같았다.

강심장이 된 늑대는 예상했던 대로 양치기가 낮잠을 잘 때에 양들이 있는 풀밭에 도착했다.

　오동통 살찐 양을 보고 자신도 모르게 달려들고 싶은 것을 억지로 참으며, 늑대는 조심스럽게 조금씩 조금씩 양의 무리에게 다가갔다. 양치기로 변장한 늑대를 본 새끼 양이 좋아라 하고 가까이 오는 것을 보고는 자신감마저 생겼다.

　'이제는 됐구나.'

　늑대가 전에 양치기가 하던 대로 지팡이를 가지고 양들을 유도하자 양들은 늑대의 지시에 따라 걷기 시작했다. 정말 양치기가 된 기분으로 늑대는 골짜기 쪽으로 양을 몰고 갔다.

　그런데 왼쪽으로 돌아 골짜기를 가야 하는 갈림길에서 양들이 제멋대로 오른쪽으로 돌기 시작했다. 여기 와서 놓치면 지금까지의 노력이 모두 허사가 될 판이었다. 당황한 늑대는 양치기처럼 소리를 질렀다.

　"워이!"

　그런데 그 소리는 바로 울부짖는 늑대의 울음소리였다.

사자와 사냥한 당나귀

어느 날 사자 무리의 왕이 진두지휘하여 대대적인 사냥을 하기로 했다. 이 사자가 왕위에 오른 지 꼭 1년째 되는 날이었다. 그것을 기념할 겸 사냥 대회를 개최하여 왕으로서의 위엄과 기량을 알리고 동시에 동물들에게 크게 한 턱을 내기로 한 것이었다.

그러기 위해서는 보통 때보다 몇 십 배나 더 많은 먹이가 필요했다. 또한 사냥도 몇 십 배 규모로 맛이 월등히 좋은 먹이를 얻어야 했다. 여러모로 생각한 끝에 사자의 왕은 몸집이 크고 모양이 좋으며, 무리를 이루어 살고 있는 큰사슴 무리를 사냥감으로 결정했다. 사냥을 제대로 하려면 사자들만으로는 힘이 모자랐으므로 다른 동물들도 함께 소집했다.

소집된 동물들은 내키지 않았지만 사자의 왕이 내린 명령이라 감히 거역할 수 없었다. 그중에는 당나귀도 한 마리 끼어 있었는데, 당나귀는 사자 왕으로부터 신호가 있을 때까지 수풀 속에 숨어 있으라는 지시를 받았다. 당나귀는 특별한 명령을 받은 것이 왠지 불안하기도 했지만 자랑스럽기도 했다. 그래서 도대체 자신이 맡은 역할이 무엇인지 궁금해하며 수풀 속에서 사자 왕의 신호를 기다렸다.

드디어 사냥이 시작되었다. 먼저 사자들이 큰 소리를 지르자 그것을 신호로 큰사슴 무리를 둘러싼 동물들이 일제히 포위망을 좁혀갔다. 위험을 느낀 큰사슴들은 도망갈 곳을 찾아 동물들이 없는 쪽으로 달려갔지만 아무래도 다른 때와는 분위기가 다르다고 느끼고 있었다.

큰사슴은 발이 빨라서 이들을 습격하여 이길 수 있는 동물은 많지 않았다. 평상시 같으면 조금만 도망가면 위험에서 벗어날 수 있었다. 멀리 도망가지 않더라도 조금 달리다가 뒤돌아 큰 뿔로 위협을 하면 대부분의 상대는 단념하고 돌아갔다.

그런데 오늘은 상황이 달랐다. 어디로 도망가도 그 앞에 동물들이 있었고 또 아무리 노려봐도 물러나지 않고 조금씩 포위망을 좁혀 오고 있었다. 이대로 가다가는 무리가 위험하다고 판단한 큰사슴의 우두머리는 가장 위험한 사태에 빠졌을 때 하는 방식대로 무리를 낭떠러지로 피난시키기로 했다. 낭떠러지는 숲의 끝에 있었는데, 그 아래로 뛰어내릴 수 있는 동물은 큰사슴밖에 없었다.

이렇게 해서 큰사슴은 모두 낭떠러지까지 도망갔다. 뒤따라오는 동물들을 따돌리며 숲에서 낭떠러지로 이어지는 외길까지 달려갔다. 그런데 큰사슴들의 행동을 사자의 왕은 이미 짐작하고 있었다. 당나귀에게 숨어 있으라고 한 곳이 바로 낭떠러지로 가는 외길 곁이었다.

당나귀가 사자로부터 지시를 받은 것은 단 한 가지, 신호를 하면 숨은 채로 있는 힘을 다해서 큰 소리를 지르라는 것이었다. 당나귀는 이유를 전혀 몰랐다. 숨어 있으면서 이상한 땅울림 소리가 점점 가까워지는 걸 들었다. 그렇지 않아도 겁이 많은 당나귀는 그야말로 숨이 넘어갈 것 같았다. 공포 때문에 거의 미칠 것 같은 때에 사자 왕이 신호를 보냈다. 평상시에도 목소리가 큰 당나귀는 있는 힘을 다해 소리를 질렀다. 마치 무서운 절규처럼 들렸다.

큰사슴 무리는 그 소리에 놀라서 우두머리가 저지하는 소리도 듣지 않고 오던 길로 되돌아갔다가 그만 전멸해 버렸다. 예상대로 큰 성과를 올린 사자들은 즐거워했다. 늑대도 여우도 즐거워했다. 하지만 사냥에서 큰 성과를 올린 것보다는 내일 개최되는 연회에서 맛있는 큰사슴 고기를 먹을 수 있다는 것이 더 즐거웠을 것이다.

당나귀는 사자 왕으로부터 어떤 칭찬을 들을까 기대했지만 사자 왕은 고작 이렇게 말했다.

"뭐야? 아직 그 자리에 있었나? 하여간 목소리만큼은 정말 바보같이 크더구나. 바보와 가위는 쓰기 나름이라고들 하지. 아무튼 내일 사슴 고기나 많이 먹도록 해라."

왕을 원한 개구리

어느 날 개구리들이 모여 회의를 했다. 세상 모든 무리에는 저마다 왕이라는 것이 있는 모양이니 자기들에게도 절대적인 힘을 가지고 통솔해 줄 왕이 필요하다는 것이었다. 그래서 개구리들 모두가 하늘을 향해 기원했다.

하느님은 모른 척했지만 왕을 원하는 개구리들의 합창은 끝날 기미가 없었다. 하느님은 귀찮아져서 그러면 이것은 어떠냐 하고 큰 통나무를 개구리들이 사는 연못에 던져 넣었다. 통나무는 호숫가에 모여 있는 개구리들로부터 약간 떨어진 물 한가운데 떨어졌다.

개구리들이 하느님으로부터 받은 이 통나무 왕은 의외로 상당히 뛰어난 능력을 지니고 있었다. 물론 통나무에 불과했으므로 특별하게 무엇을 한 것은 아니지만 이 큰 통나무가 연못 한가운데에 있다는 것만으로도 호수는 예전보다 훨씬 평화로워졌던 것이다.

개구리들은 하늘에서 내려온 통나무 왕의 큰 몸집을 두려워했다. 예전 같으면 서로 침을 튀기며 다투다가 나중에는 치고받는 싸움으로 번졌을 사소한 다툼이, 이 통나무 왕이 하늘에서 내려온 뒤로는 잠잠해졌다. 왕의 위엄에 모두 겁을 집어 먹었는지 개구리들이 나누는 대화 소리도 상당히 작고 낮아져 있었다. 싸움도 기운이 있어야 할 수 있는데, 그 기운이 연못 한가운데 버티고 있는 통나무 왕 때문에 꺾여 버리는 것이었다. 하여간 그런 이유로 연못에 자리 잡은 개구리 왕국에는 기적과도 같은 평화가 온 셈이었다.

그러나 그 평화는 그리 오래 가지 않았다. 이 세상에 어떤 왕이 얼마나 있는지는 모르지만 착하고 순하기로 말하자면 이 통나무 왕만 한 왕이 없을 것이다. 그런데 그 성품이 문제가 됐다고나 할까. 개구리들이 얌전히 있어도, 큰 잘못을 저질러도 이 통나무 왕은 절대로 제재하지 않을 뿐더러 화조차 내지 않는 것이었다. 개구리들이 그걸 깨달은 것이다.

통나무는 하늘에서 내려왔든 땅에서 솟았든 통나무에 지나지 않는 법이다. 그래서 그 통나무는 한때나마 왕이었다는 이유로 오히려 보통의 통나무보다 더 심한 취급을 받게 되었다. 개구리들은 통나무 위에 올라타 노래를 부르거나 뜀뛰기를 했다. 심지어는 이유 없이 발길질을 했으며, 나란히 서서 오줌을 싸는 어린 개구리들까지 생겨났다. 얼마 전까지만 해도 모두 왕이 왔다고 좋아하며 그 위엄에 두려움을 가졌었는데 말이다. 엄마 개구리들은 아기 개구리들에게 이렇게 이야기했었다.

"저분이 우리 왕이시다. 소홀히 대해서는 안 된다."

하느님에게 빌어서 얻은 왕의 권위가 허물어지고 난 뒤, 개구리들은 다시 예전과 같이 떠들어 대기 시작했다. 새로운 왕이 필요하다고 몇날 며칠 동안 쉬지 않고 하느님을 졸라 댔다.

"움직이지 않는 왕은 필요 없습니다. 강하지 않으면 왕이 아닙니다. 두렵지 않으면 왕이 아닙니다."

하느님은 다시 왕을 내려 보냈다. 이번에는 큰 두루미였다. 두루미 왕이 연못에 내려오니 개구리들은 단번에 조용해졌을 뿐 아니라 공포 속에서 하루하루를 지내게 되었다.

독수리와 멧돼지와 고양이

큰 떡갈나무 한 그루가 있었다. 그 나무에서는 독수리와 멧돼지와 고양이가 각각 둥지를 틀고 새끼를 기르고 있었다. 독수리는 나무 꼭대기에, 멧돼지는 나무뿌리에 그리고 고양이는 그중간에 집이 있었다.

떡갈나무는 매우 컸으며 또 세 동물은 각각 생활 방식이 전혀 달랐기 때문에 각자의 새끼를 기르는 데 아무런 불편도 없었다. 독수리는 나무뿌리 쪽에 있는 멧돼지 집에는 관심이 없었고, 멧돼지 역시 나뭇잎이 무성한 꼭대기에 있는 독수리 집에 대해서는 아무것도 몰랐다.

그러나 고양이는 나무에 오를 때마다 멧돼지를 보았고, 자기 집에 앉아 하늘을 올려다보면 때때로 독수리가 보이곤 했다. 그렇다고 해서 고양이가 생활에 어떤 불편을 느끼고 있는 것은 아니었다. 그런데 어느 날, 고양이가 일부러 나무 꼭대기에 있는 독수리 집을 방문했다.

"독수리 님! 잠깐 할 말이 있는데요."

독수리는 생각지도 않은 고양이의 방문에 깜짝 놀랐다. 하지만 역시 하늘의 여왕답게 곧 냉정을 되찾고 날카로운 눈으로 노려보면서 조금이라도 이상한 행동을 하면 즉시 죽여 버리겠다는 기세로 고양이에게 이유를 물었다. 그러자 고양이가 심각한 얼굴로 말했다.

"사실은 좀 걱정되는 일이 있어서 왔습니다. 당신도 나도 자식을 키우는 어미로서 제일 걱정되는 것은 역시 자식 문제 아니겠습니까? 그래서 말인데 이 나무 밑에 멧돼지가 살고 있는 것을 아시나요?"

그 말을 들은 독수리는 근처에서 본 일이 있다고 대답했다. 고양이는 얼굴을 찌푸리며 다시 이렇게 말하는 것이었다.

"그렇게 태평하게 있을 때가 아니지요. 저 멧돼지는 자기 자식만 귀한 나머지 말도 안 되는 일을 꾸미고 있답니다. 거짓말이라고 생각되면 잘 보세요. 멧돼지가 땅에 굴을 많이 파고 있지요? 전에 멧돼지가 이 나무를 쓰러뜨리겠다고 말하는 것을 들었습니다. 나무 위에 사는 우리들이 방해가 돼서 우리가 없는 틈을 타서 나무를 쓰러뜨려 우리의 아기들을 죽이고 집을 부술 속셈이랍니다. 자기들은 어차피 나무뿌리에 집이 있으니 상관이 없다나요? 이곳에 혼자서 살겠다는 심보지요. 멧돼지가 판 굴은 상당히 깊고 커서 자기네는 언제 나무가 쓰러져도 끄떡없다며 기회만 엿보고 있으니 조심합시다. 함부로 밖에 나가면 위험하다고요."

이 말에 독수리는 무척 놀랐다. 멧돼지가 그렇게 나쁜 계획을 세우고 있는 줄은 꿈에도 몰랐기 때문이다. 독수리는 자기 새끼들을 단단히 끌어안았다.

"여차하면 새끼들을 움켜쥐고 날아가 버리자. 전부가 안 되면 두 마리, 아니면 한 마리라도 구해야겠다."

고양이는 독수리 집을 떠나 이번에는 땅으로 내려가 새끼들에게 먹일 풀뿌리를 찾아 여기저기 열심히 땅을 파고 있는 멧돼지에게 가서 이렇게 말했다.

"멧돼지 님! 여전히 바쁘시군요. 하지만 이 일은 아무래도 꼭 알려야 할 것 같아요. 저 나무 꼭대기에 사는 거만한 독수리에 대해서예요. 저 독수리가 요즘 숲 속에 먹이가 적어져서 가까운 곳에서 먹잇감을 구하려고 이 나무에 사는 우리 새끼들을 노리고 있다는 거예요."

고양이는 계속해서 이렇게 말했다.

"특히 멧돼지의 새끼는 살이 통통하게 쪄서 맛있을 거라는 말까지 했답니다. 그런 몹쓸 소리를 하다니. 멧돼지 가족을 노리고 있다면 물론 우리도 위험하죠. 걱정이 되어 한시도 못 살겠어요. 하지만 이런 이야기를 내게서 들었다고는 절대로 얘기하지 마세요. 그걸 독수리가 알게 되면 내 새끼들은 물론이고 힘없는 나 같은 고양이쯤은 당장에 먹이가 될 테니까요. 아아, 무서워라! 이런 데서 긴 이야기하고 있을 때가 아니지. 빨리 집에 돌아가야지. 만일 내 새끼들에게 무슨 일이 일어나면 나는 더 이상 못 살아.”

그 말을 들은 멧돼지는 깜짝 놀라 서둘러 나무 아래에 만든 구멍으로 들어갔다. 그러고는 통통하게 살찐 새끼들을 껴안고 잠시도 집을 비우지 않겠다고 결심했다.

이렇게 해서 독수리와 멧돼지는 새끼들을 지켜야겠다는 일념으로 집 안에서 꼼짝도 하지 않았다. 며칠이 지나는 동안 어린 새끼들은 배가 고프다고 울며 야단이었지만 두 어미들은 한 발짝이라도 밖으로 나가면 큰일 난다며 새끼들을 감싸 안고 가만히 있기만 했다.

그 동안 떡갈나무는 바람에 약간 흔들리기는 했지만 쓰러지지 않았고, 독수리가 멧돼지 새끼를 습격하는 일도 물론 없었다. 다시 며칠이 지났다. 새끼들의 울음소리는 이미 꺼져가고 있었다. 축 늘어진 새끼들을 보고서야 어미들은 정신을 차렸다. 그러나 이렇게 가만히 있다가는 굶어 죽는다는 사실을 알아차렸을 때, 이미 집 밖으로 나올 힘조차 남아 있지 않았다.

술주정뱅이의 아내

　형편없는 술주정뱅이가 있었다. 그는 날품을 팔아 어느 정도 돈을 벌기는 했지만 벌기가 무섭게 모두 술을 마셔 버렸다. 아내가 아무리 말려도 돈이 있으면 술을 마셨고, 일단 마시기 시작하면 술병에 마지막 한 방울이 없어질 때까지 계속해서 마셨다. 그것도 맛을 보며 천천히 마시는 것이 아니고 그냥 꿀꺽꿀꺽 그야말로 쏟아 붓듯이 마셨다. 그렇기 때문에 마시기 시작한 지 얼마 안 되어 걷는 것은 물론이고 말도 제대로 할 수 없게 되곤 했다.

　그러고는 결국 정신을 잃고 길바닥에서건 어디서건 그냥 누워 자 버리는 것이었다. 그래도 아침에 아내가 두들겨 깨우면 일어나 일을 나갔다. 하지만 일이 끝나면 또 술을 마시고 엉망으로 취해 버렸다.

그렇게 매일 술을 마셔 대니 몸이 견디지 못하는 것은 당연했다. 점점 몸이 마르고 안색도 창백해졌으나 술 마시다 죽은 사람은 없다고 떠벌이며 생활 습관을 바꾸려 하지 않았다. 술이 자신의 몸과 가정을 망치고 있는 것에 대해서는 아무런 반성도 하지 않는 것 같았다.

그런데 그 아내는 이런 술주정뱅이에게는 너무나 아까운 착한 여인이었다. 남편이 돈만 보면 모두 술을 마셔 엉망으로 취해 날뛰며 이웃에게 폐를 끼치는 나날이 몇 년이고 계속되는데도 이렇게 생각하는 것이었다.

"그래도 언젠가는 제정신으로 돌아올 날이 있겠지. 내 고생을 알아줄 날이 반드시 올 거야. 그러니 그때까지 참아야 해. 지금 이 사람을 버리면 이 사람은 하루도 살 수가 없을 거야. 이 세상에 나 말고는 이 사람을 돌볼 사람이 없어."

그러던 중 이 남자의 몸이 마침내 이상해지기 시작했다. 그는 아내에게 눈이 흐려지고 손은 떨리며 온몸이 아프다고 호소했다. 그러고는 아직 죽고 싶지 않다고 울먹이기까지 했다. 착한 아내는 이대로 두면 정말 남편이 죽어 버릴 테고, 그러면 이제까지의 고생이 물거품이 된다고 생각하고는 어떻게든 이번 기회에 술을 끊게 하려고 그 방법을 궁리했다.

그 결과 남편을 상대로 일생일대의 연극을 하기로 계획을 세웠다. 준비가 끝난 어느 날이었다. 저녁이 되자 남편이 술을 마시고 쓰러지기만을 기다려 계획을 실행했다. 우선 아내는 남편을 지하창고로 끌고 갔다. 벽을 까맣게 칠해서 어두운 지하실은 소름이 끼치도록 어두웠다. 준비해 두었던 검은 옷을 입고 얼굴은 화장을 해 죽음의 신처럼 변장을 했다. 그리고는 남편을 눕혀둔 침대 건너편에 촛불을 켜서 자신의 모습이 흔들흔들 비치도록 했다.

캄캄한 어둠 속에서 흔들리듯 서 있는 아내의 모습은 죽음의 신 그 자체였다. 그 앞에서는 누구든 벌벌 떨 정도로 무서워 보였다. 꿈인지 생시인지 모르는 가운데 죽음의 공포를 실컷 맛본 다음 잠에서 깨어나면 남편은 이렇게 말할 것이다.

"아아, 정말 무서운 꿈을 꿨다. 그런 무서운 경험은 두 번 다시 하고 싶지 않아."

이렇게 만들어 술을 끊게 한다는 것이 아내의 계산이었다.

만반의 준비를 끝내고 아내는 남편을 깨웠다. 남편은 눈을 뜨자마자 말했다.

"아, 목말라."

아내는 얼떨결에 전과 같이 물을 갖다 주고 말았다. 단숨에 물을 마시고 난 남편은 비로소 자기 곁에 있는 자가 죽음의 신이라는 것을 알아차리고는 목소리를 낮추며 말했다.

"미안하지만, 죽음의 신이시여! 이왕이면 다시 한 잔, 이번에는 술을 줄 수 없겠습니까?"

사자를 이긴 사람

마을에서 연회가 열렸다. 실은 연회를 구실 삼아 마을 개척자로 알려져 있는 명사와 그 일가를 찬양하고 위세를 강화하려는 의도가 숨어 있었다. 먼 곳에서 유명인들이 초대되었고, 무대의 뒤편에는 이 날을 위해 유명한 화가에게 부탁한 큰 그림이 전시되어 있었다.

그림은 위대한 명사의 선조가 용감하게 맨손으로 사자와 싸워서 이기는 내용이었다. 정말 멋있게 그려져 있어 바로 눈앞에서 사자와 사람이 싸우는 것 같았다. 더구나 싸우고 있는 선조의 얼굴이 명사의 얼굴과 비슷하게 그려져 있어 사람들 눈에는 동일한 인물로 보였다.

그런데 이런 광경을 먼 곳에서 흥미롭게 보고 있는 사자 한마리가 있었다. 사자는 마을 근처 숲 속에 살고 있었는데 사람들을 귀찮아해서 평상시에는 마을 가까이 오는 일이 드물었다. 그런데 모처럼 외출을 하니 잔치가 벌어지고 있었다. 물론 사람들은 모이면 시끄럽게 떠든다는 것을 알기 때문에 사자는 별로 이상하게 생각하지 않았다. 그러나 사자의 시선을 끈 것은 무대 뒤편에 그려져 있는 사자의 모습이었다. 멀리서 봐도 크고 훌륭한 사자였다.

사자는 이런 곳에 저런 동료가 있다는 게 이상했지만 그보다 더욱 이상한 것은 그 사자가 사람 따위에게 눌려 당하고만 있는 믿기 어려운 모습이었다. 상대인 사람은 확실히 강해 보였지만 그래도 사자가 겨우 사람 따위에게 질 까닭이 없다고 생각되었다.

'그런데 저 사자와 사람은 왜 아까부터 전혀 움직이지 않을까?'

사자는 좀 더 자세히 보기 위해 가까이 다가갔다. 사정을 알아보고 필요하면 대신 싸워 주겠다는 생각까지 했는데, 가까이 가 보니 그곳에 있는 것은 사람도 사자도 아니고 조금만 건드려도 찢어져 버리는 얇은 천 조각이었다.

'이런 것이 도대체 무슨 필요가 있을까? 역시 사람이라는 것은 알 수가 없어.'

맥이 빠진 사자는 다시 숲 속으로 돌아가 버렸다.

한편 마을 사람들은 사자가 나타난 순간 거미 새끼 흩어지 듯 앞 다투어 도망갔는데, 그중에서도 명사가 제일 먼저 자 취를 감추었다.

늑대와 양

천 년, 아니 더 오래 전부터 반복되어 오던 늑대와 양의 비참한 살육의 역사에 드디어 종지부가 찍혔다. 서로가 전쟁을 끝내는 평화 협정을 맺은 것이다.

생각해 보면 정말 길고도 고통스러운 역사였다. 늑대의 날카로운 송곳니에 목숨을 잃은 양은 셀 수 없었다. 양이 사람의 보호를 받은 뒤로, 늑대들도 양치기에게 목숨을 잃고 때로는 모피가 된 일도 수없이 많았다. 늑대와 양은 항상 위험과 공포 속에서 서로 원수가 되었다.

오랜 옛날 양들이 사람의 가축이 되기 전에는 관계가 이렇게 살벌하지는 않았다. 그때도 늑대가 양을 습격하는 것은 마찬가지였지만, 양들은 무리를 짓고 살아서 어린 양이 무리에서 떨어지지만 않으면 늑대에게 습격을 받아도 기껏 하나

나 둘이 희생될 뿐이었다. 때로는 행동이 느린 늑대를 양의 무리가 포위하여 밟아버리는 일도 있었다.

사람이 양은 물론 말과 소도 가축으로 만들어 버리고 그것을 늘리고 지킨다는 이유로 자연을 파괴하고 다른 동물들을 계속해서 죽였다. 이제 사람에게 저항하며 사는 무리는 늑대들뿐이었다. 늑대들을 가장 괴롭힌 것은 사람들이 늑대 새끼들을 꾀어내어 길들여서 개라는 가축으로 만들어 자기들을 위해 일하도록 만든 것이었다. 아무리 사람들이 한 짓이라 치더라도 그렇게 가축이 되어버린 개를 늑대들은 도저히 용서할 수가 없었다.

사람이 양이나 소를 기르고 개가 그들을 지키게 된 지는 이미 오래 되었다. 그리고 숲 속의 먹이도 훨씬 죽어들어 늑대는 양을 지키는 개와의 전투에 전력을 쏟지 않을 수 없었다. 그래서 양과의 평화 협정은 사실 이 사태를 벗어나기 위해 늑대가 제안한 최후의 수단이기도 했다. 늑대들이 제시한 평화 협정의 조건은 다음과 같았다.

첫째, 이 협정을 맺은 이후에는 절대 양을 습격하지 않는다. 그 대신 개들 역시 늑대와는 일절 전투를 하지 않는다. 둘째, 이를 위한 보증으로 양은 자신들의 어린 양을 늑대에게 맡기고, 늑대도 자신들의 새끼를 양에게 인질로 맡긴다.

늑대들이 제안해 온 이 조건은 양들에게도 바람직한 내용이었다. 물론 인질을 보내는 것은 곤란했지만 늑대도 같은 조건이고, 평화가 약속된다면 양들에게는 유리한 거래라고 생각되었다. 그리고 원래 태어나는 새끼의 수는 양이 많고, 또 개라고 하는 든든한 아군에 관해서는 아무것도 정하지 않았기 때문에, 지금보다 좋아지면 좋아졌지 나빠질 수는 없다고 생각했다.

이렇게 해서 양과 늑대 간에 역사가 시작된 이래 처음으로 평화 협정이 맺어졌다. 그리고 현재와 미래를 향한 평화의 증거인 인질이 교환되었다. 이제 평화가 찾아온 것이다. 늑대들은 약속대로 숲 속에서 나오지 않았고 양들은 예전에 없던 평안한 잠을 자게 되었으며, 밤새 불침번을 서지 않아도 되는 개들 역시 깊은 밤잠을 즐겼다. 이렇게 평온하게 1년이 지났다.

숲 속 깊숙이 자취를 감춘 늑대들은 평화 협정 체결 후 무엇을 했을까? 양도 습격하지 않고 먹이도 적어진 숲 속에서 도대체 무엇을 먹고 살았을까?

어디까지나 나중에 알게 된 사실이지만, 늑대는 인질로 데리고 간 새끼 양을 통통하게 살찌워서 한 마리씩 잡아먹었다. 그러나 그것은 평화 협정 위반이 아니었다. 협정에는 인질을 잡아먹으면 안 된다는 말은 한 마디도 씌어 있지 않았고, 설사 씌어 있다 하더라도 늑대들은 똑같은 행동을 했을 것이다. 그렇지 않으면 굶어 죽을 수밖에 없기 때문이었다.

물론 늑대들은 이 일이 발각되지 않도록 세심하게 주의를 기울였다. 숲 속에서 한 발짝도 나가지 않은 것도 그 때문이었다. 그리고 늑대들은 그 사실을 어떻게 해서든지 열두 번째 보름달이 뜨는 밤이 올 때까지는 숨겨야 했다.

드디어 늑대들이 기다리고 기다리던 그 밤이 왔다. 양들에게 인질로 잡혀 얌전히 있던 늑대새끼들이 어금니를 드러냈다. 1년 전에는 강아지 같던 늑대 새끼들이 개의 먹이를 먹고 자라 늠름한 늑대로 성장했던 것이다. 그리고 야생 늑대의 전사로서 부모로부터 받은 임무를 한시도 잊지 않고 있었다. 열두 번째 보름달이 뜬 밤에 먼저 잠든 개들의 숨통을 끊고, 그 다음에는 양들을 죽여서 숲 속으로 가지고 간다는 임무를 말이다.

양치기와 바다

어느 해변 마을에 양을 치는 한 남자가 있었다. 생활이 결코 풍요롭지는 않았지만 기르는 양 떼도 자신의 것이었고 작지만 집과 밭도 있어 먹고 사는 데는 그다지 어려움이 없었다.

아침이면 양 떼를 몰고 나가 멀리 바다가 내려다보이는 언덕에서 풀을 먹이며 하루를 보내다가 해가 바다 저편으로 질 때 집으로 돌아왔다. 양털을 깎는 계절이 오면 양털을 팔아서 얼마간의 돈을 벌었다. 그의 아버지와 할아버지가 그렇게 했듯이 그도 어린 시절부터 알게 모르게 배운 대로 매일 변화 없는 생활을 하고 있었다. 그에게는 그것이 삶이었다.

그런데 어느 날, 남자는 바다가 바라다보이는 언덕의 바위에 앉아서 양 떼에게 풀을 뜯기며 생각에 잠겨 있었다.

'바다 저편에는 아마도 내가 모르는 세계가 있을 것이다.'

구름 사이로 새어 나오는 햇빛을 받아 넓고 푸른 바다가 유난히 아름답게 빛나고 있었다.

'시장에서 본 여러 가지 물건은 모두 저 바다 건너에서 오는 것이다.'

수평선 멀리에서 배 한 척이 천천히 다가오고 있었다. 그로부터 며칠 지나지 않아서 남자는 대대로 물려 내려온 집과 밭과 양들을 모두 팔아 돈으로 바꾸었다. 예상했던 것보다 비싸게 팔려 돈은 묵직했다. 그것은 풍요로운 미래를 보장하는 것 같았다.

남자는 돈을 가지고 바다를 건너가 모르는 나라의 모르는 사람들로부터 물건을 잔뜩 사들였다. 남자가 사들인 물건은 매우 많았다. 그것을 고향으로 가져가 비싼 값으로 내다 파는 게 남자의 꿈이었다. 그러나 꿈을 실은 배가 그의 고향 항구 근처에서 그만 난파되고 말았다.

남자는 해변으로 떠밀려 와 겨우 목숨을 건졌지만 전 재산을 잃어버려 크게 낙담했다. 한참 동안 그는 신과 자신의 인생을 원망했다. 그러나 얼마 후 친구의 권유로 다시 양치기 일을 시작했다. 양도 땅도 자신의 소유는 아니었지만 그럭저럭 살아갈 수 있었다. 날씨가 좋으면 남자는 언덕 위에 앉아서 아름답게 빛나는 바다를 바라보며 깊은 생각에 잠기곤 했다.

사냥터가 되어버린 농장

어느 교외에 작은 농장을 가진 남자가 있었다. 그는 시내 관청에서 일을 했으므로 마을에서는 나름대로 지위와 덕망을 얻고 있었다. 또 오랫동안 관리로 일해 왔기에 저축도 했다.

어느 날 남자는 여생을 풍요롭게 지내기 위해 여러 가지 궁리를 한 끝에 큰 맘 먹고 농장을 샀다. 매주 주말이면 그곳에 가서 여러 가지 채소와, 시장에서는 잘 팔지 않는 진귀한 채소들을 심곤 했다. 꽃도 심었다. 먹을 수 있는 것만 기른 것이 어쩐지 좀 운치가 없는 듯한 생각이 들었기 때문이었다. 농장에는 튤립이나 장미 같은 예쁜 꽃보다는 황매화나무나 제비꽃과 같은 야생화들이 많았다. 그래서 주말이면 농장에 가는 것이 무엇보다 즐거웠다.

직장에서 쉬는 시간에 동료들과 잡담을 하거나 퇴근 후 술을 한 잔 할 때도 남자는 농장을 화제로 삼았다. 그러나 그에게 농장과 관련해서 고민이 전혀 없는 건 아니었다. 요즘 들어 야생 토끼가 자꾸 농장에 나타나 남자가 열심히 기른 채소를 모조리 먹어 치우는 것이었다. 도대체 어떻게 이런 일이 있을 수 있는가. 그곳은 그만의 귀중한 농장인데 말이다.

하지만 토끼는 우연히 발견한 이 농장에 먹을거리가 많아서 아주 신이 나 있었다. 배가 고프면 새끼들을 데리고 농장으로 와서는 야산에서는 볼 수 없는 연하고 맛있는 당근이나 양상추 따위의 채소를 마음껏 먹었다.

이대로 놔두면 정성들인 농장이 못쓰게 되겠다고 판단한 남자는 그 지방을 다스리는 영주에게 부탁을 하기로 했다. 남자가 볼 때 영주라면 자기 영토를 가지고 있는 사람이므로 땅 주인의 여러 가지 고민을 해결해 줄 수 있을 것이라고 판단했던 것이다. 또 이것을 기회로 영주와 친분을 쌓고 싶다는 야심도 없지 않았다. 하지만 그런 것보다는 역시 자신의 농장을 토끼로부터 지키고 싶은 마음이 더 컸다. 남자는 영주를 만나서 자초지종을 이야기했다.

"안심하시오. 토끼 퇴치에 대해서는 나를 따를 사람이 없으니 내게 맡겨 두시오. 이번에 농장에 가는 날이 언제요?"

"이번 일요일입니다."

남자가 대답하자 영주는 즐거운 얼굴로 이렇게 말했다.

"이번에 당신이 농장에 갈 때쯤에는 토끼 그림자도 없을 것이오."

너무 이야기가 쉽게 끝나는 바람에 남자는 약간 불안하긴 했다.

'역시 땅 주인의 마음은 자기 땅을 가져본 사람만이 알지. 영주는 내가 농장을 얼마나 중히 여기는지 알고 있어.'

영주의 집을 나서자마자 단골 술집으로 가서 동료들에게 그 일을 자랑했다.

한편 영주는 남자가 돌아간 후 주변 사람들에게 즐거운 듯이 이렇게 말했다.

"이봐, 들었나? 토끼가 아주 많은 것 같아. 자! 오랜만의 사냥이다. 즉시 준비하라."

영주는 많은 가신들과 함께 사냥개까지 동원해서 농장으로 갔다. 하지만 토끼는 몇 마리밖에 없어서 기대에 어긋나고 말았다. 사냥이 끝난 후 남자가 땀 흘려 가꾼 밭은 그만 엉망이 되었다. 야채나 꽃은 물론 겨우 뿌리를 내린 나무와 잔디도 모두 못 쓰게 되어 버렸다.

허풍쟁이 원숭이

옛날부터 거북은 사람의 친구였다. 무슨 이유에선지 사람에게 무슨 일이 생기면 어디에선가 나타나서 도와주곤 했다. 바다에 익숙한 그리스 사람들은 그것을 잘 알고 있었다. 뱃사람들은 거북이 없다면 넓은 바다에 빠져 죽는 사람이 훨씬 많았을 것이라고 흔히 말하곤 했다.

배가 난파당하면 거북이 나타나 물에 빠진 사람을 등에 태우고 해안까지 데려다 주었다. 물론 거북은 보답을 바라지 않았다. 사람을 살리는 그 자체를 즐기는 것 같았다. 그게 아니라면 해안에 데려다 준 사람이 고마워하는 모습을 보는 것을 좋아했는지도 모른다. 어쩌면 바다에서 생활하는 거북에게는 육지에 살고 있는 사람 그 자체가 흥미롭고, 물에 빠진 사람을 구해준 뒤 여러 가지 육지 이야기를 사람들로부터 들는 것을 좋아했는지도 모른다.

실제로 뱃사람들은 거북이 사람의 이야기를 듣는 것을 좋아한다고 믿었다. 그래서 도움을 받게 되면 자신이 태어나서 자란 마을이나 거리의 모양, 그곳에서 벌어지는 축제 등을 자세하게 이야기해 주는 것을 보답이라고 여겼다.

어느 날 그리스의 아테네 근처에서 배 한 척이 난파되었다. 승무원은 그리 많지 않았지만 모두 바다에 떨어져 각각 부서진 배의 파편 조각을 잡고 겨우 떠 있었다. 그때 거북이 나타났다. 거북은 주위를 한 바퀴 돌아보고 나서 기운이 없어 보이는 사람부터 등에 태워 열심히 해안으로 운반했다. 거북은 한 사람씩 해안으로 날랐고, 구조된 사람은 거북에게 자신이 살아온 이야기를 해 주었다.

그런데 조난자들 속에 원숭이가 한 마리 있었다. 그리스의 뱃사람들은 오랜 항해 생활의 무료함을 달래기 위해 원숭이를 배에 태웠던 것이다. 거북이 이번에는 원숭이를 살리러 왔다.

거북은 원숭이를 등에 태우고 물었다.

"어디 출생입니까?"

"나는 순수 아테네 출생이지."

원숭이가 대답하자 거북은 흥미롭게 다시 물었다.

"상당히 큰 도시겠네요. 그러면 거기서 무슨 일을 합니까?"

"나는 아무 일도 하지 않아."

"도대체 어떤 신분인가요?"

거북이 또 물었다. 원숭이는 신이 나서 허풍을 떨었다.

"상류 계급이지. 높은 사람이라면 누구나 나를 알아. 만일 아테네에 오면 나를 찾아오게. 할 수 있는 한 모든 대접을 해 줄 테니까. 물론 식사는 최고급이고, 왕과 다른 도시의 귀족들도 소개하지. 내가 소개를 하면 어디를 여행해도 귀빈 대접을 받지."

거북은 감탄하며 듣고 있다가 여행 이야기가 나오자 작은 눈을 더욱 반짝이며 물었다.

"예를 들면 어느 마을의 누구에게요?"

사실 원숭이는 아테네 이외의 마을 이름은 물론이며 그곳의 귀족 이름도 몰랐다. 하지만 거북이 알 리 없다고 생각하면서 배가 난파당하기 전에 뱃사람들이 하던 말을 떠올렸다.

"음, 예를 들면 오케아노스의 타라사 왕녀라든가……."

거북은 깜짝 놀랐다. 오케아노스는 바다 속에 있는 왕국의 도시 이름이고 타라사 왕녀 역시 그 왕국의 공주였던 것이다. 거북의 안색이 금세 새파래졌다.

'그런 분과 잘 아는 사람을 함부로 태우는 경솔한 짓을 하다니. 이분은 나 같은 것이 구하러 나설 신분이 아니다. 이분은 육지와 바다를 마음대로 여행하는 사람이다. 사람과는 생김새가 좀 다르다고 생각했지만 역시……. 마음이 선한 분이라서 다행이지만 정말 무서워서 마음이 조마조마하네. 이런 버릇없는 짓을 하다 들키면 어떻게 되는 거지?'

이리하여 거북은 즉시 원숭이를 원래 있던 자리에 데려다 놓고는 다른 사람을 살리러 갔다.

우상을 때려 부순 남자

어떤 남자가 지금까지 모셔오던 우상을 부수어 버렸다. 도대체 어떤 이유로 그랬는지는 알 수 없으나 오랜 세월 동안 소중하게 모시던 우상을 파괴했으니 놀라운 일이었다. 슬픔 때문인지 실망 때문인지 그 남자가 아무 말도 하지 않았으므로 진실을 알 수는 없다.

사람이 우상을 부수는 경우는 그다지 많지 않다. 그것은 남녀 관계의 좌절, 사업상의 갈등, 가족이나 친족의 생사 및 재산 분배, 천재지변이나 사고가 있을 경우 북받치는 감정을 억제하지 못해 하는 행동이다. 그리고 친구에게 배반당하거나 단순히 기분이 많이 상하거나, 아주 드물게는 특별한 이유도 없이 단지 그렇게 하고 싶은 경우가 있을 수 있다.

그런데 남자가 우상을 몽둥이로 때려 부순 이유는 그런 경우가 아닌 것 같았다. 정확한 이유는 알 수가 없지만 말이다. 사람은 자주 우울해하거나 노여워하거나 절망하는데, 생각해 보면 그런 것은 어디에서나 누구에게나 곧잘 생기는 일이다. 그렇게 사람들이 노하거나 탄식하거나 세상을 원망하는 이유는 자신만 어려운 일을 당하고 있다고 생각하기 때문이다.

그러나 사람은 슬픔만큼 기쁨을, 절망만큼 희망을 맛보며 살고 싶어 한다. 그래서 가능하면 슬픔이나 절망을 맛보지 않으려고 우상을 만들어 숭배를 하면서 그 우상으로부터 축복을 받으려 든다. 하지만 그런다고 해서 축복이 내려지고 우상을 파괴한다고 해서 벌이 내려질까?

뜻밖에도 부서진 우상 속에서 금화와 은화가 한없이 쏟아져 나왔다. 그 돈은 오랜 세월 동안 좋은 일이 생길 때마다 남자가 절을 하며 우상의 입속에 밀어 넣었던 것이다. 그 사실을 망각하고 있었던 남자는 펄쩍펄쩍 뛰며 좋아했다. 그동안 자신이 생각 없이 모아 두었던 돈을 이제야 발견한 것인데, 남자는 마치 공돈이라도 생긴 듯이 기뻐했다. 어쨌거나 생각지도 않은 금화와 은화가 생겨나니 저절로 웃음이 나와 눈가에 주름이 생길 정도였다.

전에 이 남자가 어떤 이유로 우상을 때려 부수었는지는 모르겠지만, 이제 거기에서 나온 돈의 일부로 전보다 더 큰 우상을 만들어 매일 절을 하고 있다. 예전처럼 우상의 입속에 돈을 넣는다는 것은 잊어버린 채로 말이다.

　실제로 본 사람의 말에 의하면 이번 우상은 저번 것에 비해서 훨씬 무서운 얼굴을 하고 있다고 한다. 그 까닭은 저번 우상은 약간 온순한 얼굴을 하고 있어 악마를 쫓는 데 효험이 적었고 그래서 더 많은 돈이 생기지 않았다고 믿기 때문이라고 한다. 남자는 우상을 섬기면 저절로 금화와 은화가 생기는 줄로 착각하고 있었다.

사자에게 바칠 공물

어느 날 동물의 왕인 사자가 낮잠에서 깨어나 혼잣말로 중얼거렸다.

"아, 귀찮아! 이 더위에 먹이 사냥을 가야 한다니. 마음만 먹으면 잡지 못할 동물이 없는데 왜 항상 필사적으로 도망을 갈까? 어차피 죽음을 피할 수 없다면 처음부터 얌전히 있는 게 나을 텐데. 아니, 자기들끼리 상의를 해서 매일 순서대로 먹이가 되어 주면 좋을 텐데. 나도 수고를 덜 수 있고 그들도 언제 어디서 잡힐지 모를 공포에서 해방될 테고, 서로 좋잖아?"

나무 그늘에 누워서 중얼거린 사자의 혼잣말이 보통 때 같으면 그저 궁시렁거림으로 끝났을 텐데, 그날은 그 말이 때마침 불어온 남풍(南風)의 귀에 들어가 버렸다. 남풍은 자기가 들은 말을 제멋대로 바꿔서 그 일대는 물론 먼 곳에 사는 동물들에게까지 퍼뜨리고 다녔다.

"이 세상의 왕이 모든 동물들에게 공물을 바치라고 했다."

동물들은 처음에는 잘못 들었나 의심했지만, 원숭이도 낙타도 모두 똑같은 말을 들었다고 했다. 동물들은 그렇다면 그 말이 하늘의 소리가 분명하다고 생각했다.

그게 사실이라면 가만히 앉아 있을 수 없지 않은가. 하지만 이 세상의 왕이 바라는 공물이 무엇이며, 모든 동물이 각각 한 가지씩 바치라는 것인지 아니면 모두 함께 바치라는 것인지, 알 수가 없었다. 또 세상의 왕이 어디에 살고 있는지 공물을 모으면 어떻게 해야 하는지 도통 알 수가 없었다. 그래서 동물들은 회의를 열어서 방안을 의논하기로 했다.

동물들 중에서 가장 지혜롭다는 인간에게 맡기는 게 좋을 듯했지만, 그들은 자기들끼리 따로 신에게 공물을 바치고 있었으므로 인간을 가장 많이 닮고 말을 잘하는 원숭이에게 맡기기로 했다.

의제는 두 가지였다. 하나는 이 세상의 왕이 누구인가를 알아보는 것이며, 또 하나는 무엇을 공물로 바칠 것인가를 정하는 것이었다. 그러나 소문이 어디에서 흘러나왔는지에 대해서는 아무도 논의할 생각을 하지 않았다.

우선 이 세상의 왕이 누구인가 하는 것은 비교적 간단하게 결론이 났다. 동물의 왕은 사자이고 또 사자만 회의에 나오지 않았기에 하늘의 소리가 말하는 이 세상의 왕은 분명 사자라는 데 의견이 모아졌다. 무엇을 공물로 바칠 것인가에 대해서는 의견이 둘로 나누어졌다. 한 가지는 개나 말과 같이 사람과 밀접하게 지내고 있는 동물들의 의견이었다. 사람들은 신의 대리인 같은 사람에게 돈을 바치고 있으니 동물들도 세상의 왕에게 공물로 돈을 바치자는 것이었다. 하지만 어느 정도의 돈을 어떻게 모으는가 하는 것도 문제였지만, 돈이라는 것을 애당초 쓰지도 않는 동물들로서는 감도 잡을 수 없었다.

　또 한 가지 의견은, 사람들은 자기가 돈을 좋아하기 때문에 신에게 돈을 바치는 것이므로 동물들도 동물들이 좋아하는 풀이나 고기나 과일 중에서 사자가 가장 좋아하는 고기를 바치자는 것이었다. 그러나 여기에는 큰 문제가 있었다. 누가 그 고기가 되는가 하는 것이었다. 누군가가 희생물이 되어 바쳐진다는 것은 불공평한 일이며 모두 조금씩 자기 살을 베어내어 바치는 것도 불가능한 일이었다. 뾰족한 방법이 없으니 제비뽑기를 해서 뽑히는 동물을 바칠 수밖에 없다는 의견이 나오기도 했다.

드디어 무심코 중얼거린 사자의 혼잣말대로 상황이 전개될 판이었다. 그것은 누구에게나 너무도 어렵고 괴로운 일이었다. 어제는 누구, 오늘은 누구, 내일은 누구, 그 다음에는 누구, 이렇게 매일 희생물이 되는 동물들을 보면서 저마다 자신에게 닥쳐올 그날을 겁내며 살아야 한다는 것은 정말 끔찍한 일이었다.

이렇게 회의가 점차 어두운 분위기로 변해 갈 때 사슴 한 마리가 결연하게 말했다.

"우리 모두 함께 사자에게 가자. 그렇지 않아도 우리는 매일 죽을지도 모른다는 공포 속에서 산다. 차라리 모두 사자에게 가서 누구를 잡아먹을 것인지를 사자가 선택하도록 하자."

사슴의 비장한 말이 심금을 울려서 동물들은 모두 사자에게 가기로 했다. 모든 동물이 함께 모여서 몰려가는 광경은 비장한 아름다움마저 감돌았다. 그런데 그 광경을 보고 사자는 깜짝 놀랐다. 멀리서 떼를 지어 자신을 향해 몰려오는 동물들을 본 사자는 평소 자신의 횡포에 복수를 하러 오는 것이라 착각하고는 꼬리를 내리고 부리나케 도망쳐 버렸다.

사슴과 말

먼 옛날에 말과 사슴은 친구였다. 그렇다고 특별히 사이가 좋았던 것은 아니다. 사슴은 숲 속에서, 말은 들판에서 가장 빠른 동물로 인정받는 점이 친구가 될 수 있었던 이유였다.

말과 사슴은 생활하는 장소가 다르기 때문에 처음에는 들판과 숲의 경계 부근에서 이따금 만나 인사나 하는 정도였다. 그러던 어느 날, 그런 인사 끝에 누가 먼저라고 할 것 없이 서로 상대의 집에 놀러 가기로 했다. 먼저 말이 숲 속의 사슴을 방문하기로 했다.

어느 가을날 오후, 초원에는 상쾌한 바람이 불고 있었다. 숲에 들어가기 전에 말은 조금 망설였다. 그리고 숲 속으로 들어섰을 때 말은 역시 오지 않는 게 좋았다고 생각했다. 숲은 들판과는 너무나 다른 세계였다. 안쪽으로 들어갈수록 나무들이 점점 커지고 더욱 무성해져서 앞에 무엇이 숨어 있는지 전혀 알 수가 없었다. 위로는 몇 겹이나 겹쳐진 나뭇잎들이 하늘을 가리고 있었다. 들판에서는 환하게 빛나던 태양이 숲 속에서는 전혀 보이지 않았다. 이따금 나뭇잎을 비집고 들어온 햇빛도 들판에서 보던 것과는 전혀 달랐다.

불안해진 말은 이런 곳에서 사는 사슴에게 문득 두려움을 느꼈다. 사슴을 겁낼 만한 어떤 이유가 있는 것은 아니지만 사슴보다 자신이 빠르다는 우월감도 숲 속에서는 도무지 통하지 않을 것 같아 불안했다. 그리고 사슴의 민첩함이야말로 놀라운 능력이라고 생각했다.

물론 들판에서 발휘되던 말의 기동력은 조금도 감소하지 않았다. 하지만 사슴의 민첩함을 인정하는 그 순간, 말은 처음으로 들판을 빨리 달리는 것보다 더 가치 있는 것이 존재한다는 것을 알았다.

안개가 끼기 시작한 어두운 나무 그늘에서 말이 망설이고 있을 때, 저쪽에서 무언가가 천천히 아주 조용하게 다가오고 있었다. 그것은 말을 마중 나온 사슴이었지만 놀란 말의 눈에는 자기를 노리는 무서운 동물처럼 보였다. 안개 속에서 사슴의 멋진 뿔이 점차 윤곽을 드러내기 시작했을 때 말은 안도감보다는 더 큰 두려움을 느꼈다. 그러면서도 말은 사슴과 함께 나란히 숲 속을 걸으며 대화를 나누었고, 사슴의 집에서 식사를 하고는 헤어졌다.

그런데 들판으로 돌아온 말의 마음속에는 어느새 질투심이 생겨나 있었다. 들판을 달려도 전처럼 상쾌하게 바람을 가를 수 없었다. 숲 속에서 사슴에게 느꼈던 두려움 때문에 마음이 개운하지가 않았다. 그 후 말은 이해할 수 없는 행동을 했다. 사람과 손을 잡은 것이었다.

어느 날 말이 들판을 달리고 나서 나무 그늘에서 쉬고 있을 때 사람이 다가와서 말했다.

"숲 속에 가서 사슴을 사냥하려고 하는데 도와주지 않겠나? 너에게는 빨리 달리는 발이 있고, 우리에게는 네가 배불리 먹을 만큼의 식량이 있어. 사슴이 숲 속에서 아무리 재빠르다고 해도 우리의 머리와 너의 발이 합쳐지면 우리가 이길 수 있어."

사람의 말을 들은 말이 그 유혹에 간단히 넘어가고 말았다. 숲 속에서 사슴에게 두려움과 질투심을 느끼지 않았더라면 과연 말이 사람과 손을 잡았을까? 아무튼 이렇게 해서 말은 식량을 배불리 얻어먹는 조건으로, 사람이 등에 타는 것과 사람이 지시하는 대로 달린다는 것을 허락하고 함께 숲 속으로 들어가 사냥을 하게 되었다.

사지에 몰린 사슴이 슬픈 얼굴로 말을 바라보았지만 말은 알아차리지 못했다. 등에 타고 있는 사람이 고삐를 잡아당기고 채찍으로 때리는 바람에 너무나 아파서 그랬는지도 모른다.

이렇게 해서 말의 편리함에 맛을 들인 사람은 사냥이 끝난 후에도 말을 놓아주지 않았다. 그 후 말은 매일 먹이를 배불이 얻어먹었지만 사람이 만든 마구간에 묶여 지내게 되었다. 넓은 들판에서 마음껏 달릴 수 있었던 자유를 빼앗긴 채 사람이 가려는 곳이면 어디든 달려야 하는 신세가 되고 말았다.

소크라테스의 집

옛날 그리스에서 있었던 이야기이다. 이름이 조금 알려진 석공인 아버지와 인정받는 산파인 어머니 사이에서 태어난 소크라테스는 아버지와 어머니가 세상을 뜨고 그럭저럭 살다가 죽을 나이가 다 되어서야 겨우 작은 집 한 채를 짓게 되었다. 사실 소크라테스는 유복한 부모로부터 재산을 물려받았다. 하지만 일을 하지 않고 밭과 가재도구와 집까지 팔아서 오랫동안 생활을 해 온 바람에 빈털터리가 되었다. 그런 소크라테스가 어떻게 해서 집을 짓게 되었을까?

아테네에서 사는 소크라테스의 하루 일과는 늘 똑같았다. 날마다 아침 일찍 시장에 가거나 오후에 광장에 나타나서 그 주변을 얼쩡거리는 사람들을 상대로 일상적인 생활이나 사랑에 관해 지치지도 않고 계속 이야기를 했다.

소크라테스는 열심히 이야기를 했고 그의 이야기를 듣는 사람들 중에는 소크라테스를 집에 초대하여 식사를 대접하거나 하룻밤 쉬어 가게 하는 사람도 있었다. 시장의 채소 장사 아줌마는 매일 사람들을 상대로 이야기나 하는 소크라테스를 좋아하지도 싫어하지도 않았다. 하지만 가게 문을 닫을 때면 언제나 남은 야채나 과일을 조금씩 담아 주었다.

소크라테스는 그런 생활을 몇 십 년 동안이나 계속하고 있었고, 아테네 거리에 사는 사람들 중에는 모르는 사람이 없었다. 그러다 언제 어디서 무엇에 감동했는지 소크라테스를 스승으로 존경하는 사람들이 생겨났다. 그들은 자신이 소크라테스의 제자라며 자랑을 하고 다녔다. 이런 제자들 몇몇이서 돈을 모아서 소크라테스의 집을 지어 주기로 하였다.

"선생님도 이제 집이 있어야 해. 그리고 선생님의 이야기를 듣고 싶은 자는 우리를 거쳐 선생님의 댁을 방문하게 해야 한다. 선생님 이야기가 의미조차 모르는 멍청한 사람들을 위한 설교나 지나가는 여행객들의 심심풀이가 되게 해서는 안 된다. 그런 사람들은 선생님의 이야기를 이해할 수 없다. 선생님의 이야기는 아테네를 다스리는 사람들이 예를 다하여 경청할 만큼 가치가 있는 것이다."

이것이 소크라테스 제자들의 주장이었다. 이렇게 해서 집이 지어졌고 드디어 입주식 파티를 하게 되었다. 소크라테스의 명성 탓인지, 제자들의 홍보 덕인지 파티에는 많은 사람이 모였다. 과연 자유도시 아테네의 시민들인지라 모두 생각나는 대로 이야기를 하기 시작했다.

거지같은 사람의 집으로는 너무 좋다는 사람이 있는가 하면, 집이 좁아 오막살이 같다는 사람도 있었다. 또 구조가 좋다, 부엌이 좁다, 침실이 너무 넓다는 등 이런저런 흠을 잡는 사람도 있었다. 사람들이 많이 모여 있어서 움직일 수 없었던 탓도 있었지만 많은 사람이 모여 이야기를 듣기에는 집 안이 너무 좁다는 데에 의견이 모아졌다.

그런데 이에 대해서 소크라테스가 어떻게 생각했는지는 모른다. 자신과 대화를 즐기는 사람들이 이 집에 가득 찼으면 좋겠다고 말했는지 안 했는지도 모른다.

그 후 소크라테스는 자기 집에서 편안하게 잠을 자게 된 덕에, 기운이 더 나서 아침마다 사람들에게 이야기를 하기 위해 더욱 열심히 시장이나 광장으로 나갔다고 한다.

아폴론을 시험한 남자

지혜의 신 아폴론이 잠깐 동안 인간 세상에 살면서 신탁을 내린 적이 있었다. 아폴론은 눈앞의 일조차 알지 못하는 사람들이 우스꽝스러웠다. 그리고 사람들이 하는 일들이 모두 이치에서 벗어나 있어 위태로워 보였다.

머지않아 생기게 될 일을 미리 예견하는 아폴론은 사람들이 일을 저질러 놓고 울고불고하는 것을 보면서 장래에 대해서 말해 주고 싶어졌다. 그래서 매일 아침 정해진 시각에 사람들에게 조언을 했고, 이를 고맙게 생각한 사람들은 올림포스 언덕에 신전을 세워 아폴론에게 제물을 바쳤다. 그곳이 계시를 받는 장소가 되었다.

아폴론이 볼 때 인간에게나 신에게나 미래는 특별하게 정해진 형태가 있는 것이 아니었다. 바람이나 물과 같이 속도를 바꾸고 모습을 바꾸며 흘러가는 것이며, 그 흐름을 자연스럽게 타는 것이 바로 살아가는 방법이었던 것이다. 하지만 인간들은 무모하게 흐름을 거역하거나 어쩌다가 잘못 탄 흐름에 몸을 맡겨 버리기도 했다. 제멋대로 굴다가 고생하는 것은 그렇다 치더라도 대부분의 인간들은 흐름을 즐길 줄을 몰랐다. 인간들은 신들조차 주저하는 급류에 뛰어들어 말라빠진 몸으로 헤엄쳐 나가거나 깊은 낭떠러지 같은 곳으로 뛰어들기도 했다. 그런 모습은 인간이기 때문에 어쩔 수 없는 것이라고 생각하면 그만이지만 아폴론이 보기에는 너무나 어이없었다.

그래서 신전에서 사람들의 이야기를 듣고 계시를 내릴 때 그러한 짓을 하면 큰 화를 당한다, 또는 곤경에 빠질 수 있다, 소중한 것을 잃을 수 있다는 것들을 알려 주었다.

어느 날 신전 계단에 한 남자가 나타났다. 이 남자는 3년 전에는 매일 신전에 나타나 소원을 빌고 돌아가곤 했었다. 그 뒤로는 좀체 모습을 볼 수 없어서 그를 아는 사람들은 도대체 무슨 일이 생겼는지 궁금해했다. 더러는 그 남자가 매일 무엇을 그렇게 열심히 빌었는지도 궁금해했다. 물론 아폴론은 남자가 매일 무엇을 빌었는지 지긋지긋할 정도로 잘 알고 있었다.

"아폴론 신이시여, 나를 부자로 만들어 주십시오!"

보통 사람들은 아폴론에게 사정을 설명하고, 이야기를 들은 아폴론은 그 사람이 타고 있는 삶의 흐름을 파악해 조언을 해 주었다. 그런데 그 남자는 그런 사정을 전혀 말하지 않았다.

"나를 부자로 만들어 주십시오."

이렇게 빌기만 하다가 이렇게 탄식했다.

"4개월이나 빌었는데 왜 아무 말씀도 안 해 주십니까?"

남자는 끊임없이 탄식을 했다.

"그렇게 부자가 되고 싶으면 돈놀이나 하면 어떤가?"

진절머리가 난 아폴론이 말해 주었다. 그 말을 들은 뒤로는 신전에 오지 않았다. 오랜만에 나타난 남자를 보니 돈놀이가 잘 됐나 싶었다. 옛날에는 말라빠져 궁색한 티가 흘렀는데 지금은 몸도 뚱뚱해지고 좋은 옷을 입고 있었다. 비천한 느낌은 여전했지만 그래도 어딘가 자신이 있어 보였고 안색도 상당히 좋았다.

"소원대로 부자가 된 것 같은데 이번에는 왜 왔는가?"

옛날 생각에 기분이 좋지 않은 아폴론이 남자에게 물었다.

"말씀대로 돈놀이를 했더니 잘 되어서 오늘은 우선 감사의 말씀을 드리려고 왔습니다."

예상 밖의 말을 한 남자는 히죽히죽 웃으며 말을 이었다.

"사실은 대부호가 되고 싶습니다."

어처구니가 없어진 아폴론 신은 근성이 바뀌지 않은 놈이라고 생각하면서 잠자코 있었다.

"조금이나마 잘살게 된 지금, 아폴론 신의 말을 듣고 뭔가를 새로 시작했다가 모든 것을 잃어버리면 곤란합니다. 그래서 오늘은 아폴론 신의 능력을 시험하고 나서 다시 신전에 공양을 올리고 계시를 받고자 합니다."

남자의 말을 듣고 아폴론 신은 무척 화가 났지만 그래도 아무 말 없이 듣고 있었다.

"내가 손에 쥐고 있는 것은 작은 새입니다. 과연 이 새가 살아 있는가, 죽어 있는가를 말씀해 주십시오. 알아맞히면 아폴론 신의 계명을 자손만대로 받들어 모실 것입니다."

어느새 주위에는 많은 사람이 모여들었고 남자는 의기양양하게 움켜쥔 주먹을 치켜들었다. 아폴론 신은 남자를 혼내 줘 버릴까 하다가 기껏 적은 돈을 번 것으로 허세를 부리는 모양이 불쌍하다는 생각이 들었다. 또 남자의 장난이 괘씸했지만 자신의 말 한마디로 작은 새가 목숨을 잃을지도 모른다는 생각되어서 이렇게 말했다.

"죽어 있구나."

아폴론 신이 죽어 있다고 말하면 남자는 분명히 새를 살려 줄 것이었다.

"틀렸습니다, 아폴론 님."

남자는 자랑스럽게 주위를 둘러보고는 쥐고 있던 새를 하늘에다 던졌다. 작은 새가 하늘 높이 날아올랐다. 그 후 아폴론 신은 다시는 인간 세상에 나타나지 않았다.

전 재산을 도둑맞은 구두쇠

어느 마을에 구두쇠가 살고 있었다. 왜 구두쇠라고 하는
지는 사는 모습을 보면 누구나 알 수 있었다. 쉬지 않고 일
을 했으나 그렇게 해서 번 돈을 전혀 쓰지 않았기 때문이다.
먹고 입는 것 외에는 그가 돈을 쓰는 것을 본 사람이 아무도
없었다.

술집에는 얼씬도 하지 않았고 고기나 과일 같은 것은 절대
사지 않았다. 입고 있는 옷은 언제나 같았고, 신발도 주워 온
헌 구두를 고쳐서 몇 년이고 신고 다녔다. 그러니 책이나 꽃
을 산다는 것은 있을 수 없는 일이었다. 아내나 자식은 물론
연인 같은 것도 당연히 없었다. 모르는 사람이 보면 거지로
밖에 보이지 않겠지만 가난하지도 않았다.

그가 큰돈을 가지고 있는 것을 본 사람은 없지만 정말로 돈

이 많을 수도 있다. 분명한 것은 그는 일을 아주 잘했기 때문에 품삯을 많이 받아 갔고, 오늘도 어제도 그제도 일을 하고 품삯을 받아갔다. 그러나 그 돈을 쓰는 것을 본 사람이 없다. 그런 생활을 벌써 몇십 년이나 계속했기 때문에 돈을 많이 저축했을 것이라고 추측했다. 하여간에 그는 넝마 같은 옷을 입고 제대로 먹지도 않으며 그저 일만 할 뿐이었다.

그를 그리스의 철학자 디오게네스와 같다고 생각할지도 모르겠으나, 집도 없이 검소하게 살던 디오게네스와 이 남자는 분명 달랐다. 결정적으로 다른 것은 디오게네스는 왕궁의 선생으로 초대를 받았으나 자유롭게 사는 것이 훨씬 좋다고 거절했다. 그러나 만일 이 남자라면 쾌히 수락했을 것이다. 이 남자가 일을 하면서 신경을 쓰는 것은 오직 품삯이었기에, 그런 제의가 오면 무엇보다 먼저 보수에 대해 흥정을 했을 것이 틀림없었다.

그러면 그는 도대체 무엇 때문에 살고 있는가? 그리고 번 돈을 어떻게 하려는가? 어쨌든 그는 번 돈을 전부 저축했다. 매일 일이 끝나고 돌아오면 번 돈을 마루 밑에 감추었다. 화요일, 수요일, 목요일이 되어 점차 돈이 많아지면 불안이 점점 심해졌고, 금요일이나 토요일이 되면 안절부절못하다가 일요일 아침이면 일찍 일어나 돈을 가지고 몰래 나갔다. 그러고는 마을에서 멀리 떨어진 산 속에 파 놓은 구멍 속에 돈을 감추는 것이었다.

그 구멍 속에는 그가 오랫동안 모아 둔 돈이 가득 차 있었는데 그는 이것을 보면서 매우 만족해했다. 그리고 새로 번 돈을 구멍에 넣고는 돌로 막은 뒤 집으로 돌아갔다. 그것이 그의 삶의 보람이었고 살아가는 의미였다. 그것은 몸에 밴 하나의 습관이었다.

그러던 어느 일요일, 그 장소에 가서 돌을 들어내고 보니 생명보다 귀중한 돈이 전부 사라져 버리고 없었다. 몇 십 년을 지탱해 온 삶의 근거가 없어져 버린 것이었다. 그는 크게 울었다. 우는 일 외에 도대체 무엇을 할 수 있겠는가. 운다고 해서 사라진 돈을 찾을 수 있는 것은 아니었지만 그래도 그 자리에 주저앉아 큰 소리로 울고 또 울었다. 그의 울음소리는 산울림이 되어 산에서 산으로 울려 퍼졌다. 해가 지려고 할 때 한 여행객이 남자의 지친 울음소리를 듣고 다가왔다. 여행객이 도대체 무슨 일이 있었냐고 물었지만 남자의 대답은 잘 알아들을 수 없었다. 그 말을 겨우 알아듣고 사정을 알게 된 여행객이 이렇게 말했다.

"어렵게 모은 돈인데, 그 돈으로 도대체 무엇을 사려고 했나요?"

그러자 남자는 무엇에 쓰려고 돈을 모은 것이 아니라고 대답했다.

"그러면 그 돈을 자식이나 누구에게 남겨 주기 위해 저축하고 있는 건가요?"

그러나 남자는 당치도 않다면서 그러기 위해 땀 흘려 일하지 않았고, 가족도 없다고 했다.

"그러면 이따금 맛있는 것을 사 먹거나 따뜻한 외투를 사는 게 당신의 즐거움이었겠군요."

하지만 여행객은 대화를 나눌수록 점점 더 그 남자를 이해할 수 없었다. 남자는 돈을 쓰려고 했다면 처음부터 저축하지도 않았을 거라는 말만 했다. 어이가 없어진 여행객은 아직도 망연자실해 있는 남자에게 말했다.

"애써 모은 돈을 도둑맞은 것은 확실히 괴로운 일이지만 당신의 경우 어차피 사용할 곳도 없으니, 생각해 보면 원래 돈이 없는 것과 같지 않소. 기운을 내서 다른 장소에 다른 구멍을 파고 이제부터 다시 저축하면 되지 않소. 그리고 도둑맞은 구멍은 원래대로 돌로 막고 저축한 돈이 그대로 있다고 생각하시오."

물론 어떤 위로도 귀에 들어오지 않았다. 이 남자는 결국 무엇을 얻으려고 했는가? 이 남자가 잃은 것은 무엇인가? 불쌍한 사람이라고 생각하며 여행객은 남자의 모습을 바라보았다.

"지혜도 마음도 생명도 사랑도 사용하지 않으면 없는 것과 같습니다. 설령 있다고 하더라도 계속 사용하지 않으면 없어져 버리는데, 하물며 돈 따위야."

여행객은 중얼거리며 자리를 떠났다. 어느덧 해가 지고 멀리 마을에 불이 켜지기 시작했다.

외양간으로 도망쳐 온 사슴

어느 날 사냥꾼에게 쫓기던 사슴 한 마리가 숲 가까이 있는 목장의 외양간으로 도망쳐 왔다. 느긋하게 풀을 씹고 있던 소들은 갑자기 큰 뿔을 가진 사슴이 달려 들어와 숨겨 달라고 사정하자 깜짝 놀랐다. 사슴은 민첩할 뿐만 아니라 멋있는 뿔을 가지고 있고, 또 사람 신세도 안지며 숲에서 유유히 살고 있었기 때문에 은근히 존경심 같은 것을 가지고 있었다.

그런데 그 사슴이 외양간에 숨겨 달라고 하는 것 아닌가. 소들에게 사슴의 부탁을 들어줄 특별한 의리가 있는 것은 아니었지만, 그렇다고 이미 외양간 안에 들어온 사슴을 내쫓을 만한 이유도 없었다. 게다가 외양간은 원래 사람이 소를 기르기 위해 만든 곳이지 소가 직접 만든 곳도 아니었다. 그래서 소들은 사슴이 이곳에 숨도록 그냥 내버려두기로 했다.

소는 아주 오래 전부터 사람에게 사육되면서 생각하는 능력을 잃어버리고 웬만한 것은 그저 편한 대로 내버려두는 습관이 생겼다. 그렇지 않으면 어떻게 사슴이 그냥 숨도록 내버려두었겠는가? 항상 사람들이 들락거리는 곳인데 말이다.

목동이 매일 아침저녁으로 외양간에 와서 사료를 주거나 바닥에 깐 짚을 바꿔주고, 가끔씩 몸을 물로 씻고 솔로 문질러 준다는 것을 소들은 잊고 있었다. 더구나 이런 사정을 사슴이 알 리 없었다. 소들에게 별다른 나쁜 마음이 있었던 것은 아니었다. 사슴의 부탁을 들어주면서 언젠가 사람들에게 들킨다는 것을 미처 생각하지 못했을 뿐이다. 어쩌면 알고 있으면서도 사슴에게 그런 사정을 설명하는 것을 잊어버렸는지도 모를 일이었다.

이리하여 사슴은 외양간에 숨었고 소들은 아무 일 없는 것처럼 계속 풀을 씹었다. 사슴은 외양간에 몸을 숨길 짚단도 많았지만 몸집이 큰 소 뒤에 숨으니 눈에 잘 띄는 뿔도 밖에서는 안 보일 것 같아서 안심했다. 정말 좋은 장소에 숨게 되었다며 소들에게 감사했다.

저녁이 되었다. 평소와 같이 물통에 물을 채우기 위해 외양간에 온 목동은 숨어 있는 사슴을 발견했다. 목동은 별로 힘들이지 않고 사슴을 잡았다. 맛도 좋고 비싸게 팔 수도 있는 최고급 사냥감인 사슴을 쉽게 잡았으니 목동은 너무나 기뻤다.

이렇게 하여 사슴은 목동에게 잡아먹혔고, 소들은 밤이 되자 늘 그랬듯이 잠이 들었다.

쇠 항아리와 흙 항아리

어느 날 쇠 항아리가 흙 항아리에게 말을 걸었다.

"우리 여행 가자."

쇠 항아리가 흙 항아리에게 왜 그런 말을 했는지는 모른다. 둘은 같은 모양을 하고 있지만 흙 항아리는 물을 받아 두기 위해서, 쇠 항아리는 숯을 넣어 두기 위해 이 집에 왔다. 그런데 흙 항아리도 쇠 항아리도 어느 사이에 그 역할이 없어져 안에 아무것도 담지 않은 채 창고 안에서 나날을 보내고 있었다. 쇠 항아리가 흙 항아리에게 말을 붙인 것은 그렇게 지내던 어느 날 오후였다.

어쩌면 쇠 항아리는 아무 일도 하지 않고 지내는 것이 따분했는지도 모른다. 그리고 흙 항아리가 쇠 항아리의 권유로 함께 여행을 나선 데에는 창고 속에 가만히 있는 것이 한심하다는 생각이 들었기 때문인지도 모른다.

그러나 원래 움직일 수 없게 만들어진 흙 항아리로서는 여행을 어떻게 하는 것인지 알 수가 없었다.

"도대체 어떻게 걷지?"

흙 항아리가 쇠 항아리에게 물었다.

"굴러가면 돼. 우리의 둥근 몸을 잘 이용해서."

흙 항아리는 정말로 좋은 생각이라고 여겼다. 두 항아리는 함께 데굴데굴 굴러 창고를 나섰다. 다행히 창고 앞은 완만한 언덕이어서 두 항아리는 힘들이지 않고 굴러갈 수 있었다.

'여행이라는 것은 정말 멋지다.'

흙 항아리가 생각하는 사이 언덕은 어느덧 급경사를 이루고 있었다. 점점 빨라지는 속도에 신이 나서 소리를 지르면서 달려가는 쇠 항아리를 보고 흙 항아리가 아차! 하고 생각했다. 하지만 때는 이미 늦었다. 무서운 속도로 굴러 내려가던 흙 항아리의 몸은 커다란 돌에 부딪쳐 산산조각이 나 버렸다. 쇠 항아리 또한 굉장한 속도로 언덕을 내려가다가 그만 개천 속으로 빠져 버렸다. 이렇게 두 항아리의 여행은 허무하게 끝나고 말았다.

토끼와 귀

　어느 날 사자가 사냥을 하다가 부상을 입었다. 상대가 강했기 때문이 아니었다. 상대는 빈약한 임팔라(영양의 일종)였다. 아마도 어지간히 방심했거나 한눈을 팔다가 정신을 잃고 쓰러진 임팔라 뿔에 걸려 넘어졌는지도 모른다.

　이유야 어떻든 간에 사자가 임팔라를 잡으려다가 배에 상처를 입은 것은 사실이었다. 그래서 사자는 모든 동물들을 한데 모아 놓고 이렇게 말했다.

　"자! 똑똑히 보아라. 너희들 중에 뿔 달린 놈들은 전부 지금 당장 이곳에서 사라져라. 사슴이든 소든 염소든 임팔라든 간에, 뿔이 길거나 짧거나 굵거나 가늘거나 간에, 뿔을 가진 놈들은 한시라도 빨리 내 눈에 안 보이는 곳으로 즉시 사라져라. 만일 내일 태양이 떠오른 후에도 내 눈에 뿔 달린 놈들이 보일 때는 즉시 그 숨통을 끊어 놓을 테다."

사자가 도대체 왜 이런 엉뚱한 말을 했는지는 모른다. 임팔라를 비롯해서 뿔 달린 동물들은 사자의 주된 먹이라서 초원에서 그들이 없어지면 정작 곤란해지는 것은 사자 자신이었다. 어쩌면 이때 사자는 상처가 너무 아파서 분별력이 없어졌는지도 모른다. 아니면 뿔 달린 동물이 자기보다 힘이 셀지도 모른다고 생각하고 은근히 겁을 먹고 있다가 이 기회에 쫓아내려고 했는지도 모른다. 또는 아무런 이유도 없이 그냥 뱉어버린 말인지도 모른다.

원래 왕이라는 자는 사자뿐만 아니라 누구나 방자하며 기분 내키는 대로 행동한다. 하여간에 명령은 명령이었다. 석양이 질 무렵에 뿔 달린 동물은 전부 초원에서 없어졌다.

그런데 토끼 한 마리가 웬일인지 집 주위에서 두 귀를 맥없이 흔들며 안절부절 못하고 있었다. 토끼는 보통 때도 침착하지 못한 동물이지만 유난히 안절부절 못하는 것을 보고 이웃에 사는 귀뚜라미가 보다 못해 물었다.

"토끼 씨! 왜 그래요? 그렇지 않아도 빨간 눈이 더욱 새빨개졌어요."

그러자 토끼는 석양에 비친 자신의 그림자를 보면서 이렇게 말했다.

"내 모습을 좀 봐 줘요. 사자가 나를 뿔 있는 동물로 잘못 보지는 않겠지요? 그렇죠?"

사티로스와 사람

옛날에는 신과 사람, 나무와 곤충, 꽃과 요정 들이 함께 살았다. 그러다가 사람은 신이나 요정들과 다른 세상에 살기 시작했고, 자신과 다른 것들을 구별하기 위해서 산과 들, 초원에 사는 생물들을 짐승이라고 불렀다. 그중에서도 좀 괴상하게 생긴 짐승을 괴수라고 부르며 싫어하게 됐는데, 그때는 사람이 그다지 교만하지도 둔감하지도 고독하지도 않았다. 이따금 신에게 꾸중을 듣거나 요정에게 놀림을 받아도 나름대로 타협하면서 잘살고 있었다.

이 이야기는 그러한 시대에 있었던 이야기이다.

어느 황량한 산 속에 사티로스라고 하는, 상반신은 사람이고 하반신은 염소 모습을 한 생물이 살고 있었다. 사티로스는 산 속의 경사가 심한 곳에서 살았다. 염소의 발굽을 가진

두 다리가 암벽과 같은 급한 경사면을 오르내리는 데 적당했고, 사람의 팔을 가진 상반신도 무엇을 잡고 몸을 의지하거나 과일을 따기 위해 나뭇가지를 잡아당기는 데 편리했다. 그리고 하반신은 긴 털로 덮여 있어 밤이 되면 추워지는 바위산에서 생활하는 데 아주 적합했다.

그러던 어느 겨울날, 바위산이 어두워지기 시작한 저녁 무렵이었다. 사티로스 가족은 동굴에서 단란하게 지내고 있었다. 동굴 안은 따뜻했으며 배불리 먹은 아기들이 졸고 있었다. 그때 아버지 사티로스는 동굴 밖에서 평상시에 들어보지 못한 이상한 소리를 들었다. 밖에 나가보니 그때까지 소문으로만 듣고 실제로는 한 번도 본 적이 없는 사람 한 명이 추위에 떨면서 신음하고 있었다.

불쌍하게 생각한 아버지 사티로스는 사람을 동굴로 들어오게 하여 언 몸을 녹이게 했다. 생전 본 적 없는 사람을 집 안에 들이는 것이 다소 불안했지만 눈앞에서 추위에 떨고 있는 사람을 그냥 둘 수 없었다. 또 이런 일이 자식 교육에 좋은 경험이 될 것이라고 생각했다.

놀란 것은 아이들이었다. 잠이 들려던 참에 한 번도 본 적이 없는 색다른 생물이 들어왔으니 신기하다며 야단이었다.

"아저씨 발에는 왜 발굽이 없지?"

"왜 몸에 털이 없지?"

아이들은 엄마 사티로스가 아무리 나무라도 사람 주위를 빙글빙글 돌면서 재잘댔다. 조금 있으니까 말도 못 하고 축 늘어져 있던 사람도 원기를 회복했는지 주위를 둘러보았다. 그리고 두 손을 마주잡고 입김을 불기 시작했다.

"아! 이제 살았다"

"뭘 하고 있는 거지요?"

아버지 사티로스가 이상하게 여겨 물었다.

"언 손을 녹이고 있는 겁니다."

사람의 손발은 털이 없어 피부가 드러나 있으니 추운 날씨에 차가워지는 것은 당연한 일이었다. 아버지 사티로스는 정말 불쌍한 생물이라고 동정하면서 입김으로 언 손을 녹이는 것을 바라보았다. 그렇게 해서 손이 따뜻해진다면 사람의 입김은 어쩌면 불과 같이 뜨거운 것인지도 모른다. 아버지 사티로스는 자식들에게 주의하라고 일러야겠다고 생각했다.

아버지 사티로스는 얼굴에 생기를 되찾은 사람에게 어쩌다가 이런 곳까지 오게 됐느냐고 물었다. 그러자 사람은 살기에 적합한 장소를 찾아서 여행을 하고 있다고 말했다. 불쌍하게도 이 사람이 어떤 사정이 있어 고향에서 쫓겨난 것이라 여기고 아버지 사티로스가 위로했다.

"아니 별로…… . 좀 색다른 곳에서 살아보고 싶었지요."

"어떤 곳에서 살고 싶으세요?"

"산이 있고 계곡이 있는, 요컨대 태어나서 자란 고향과 같은 장소지요."

"그렇다면 굳이 여행을 하지 않아도 되잖아요?"

"새로운 사람을 만나고 싶어서요."

"사랑해 주는 사람이 없었나요? 친한 친구도 없고요?"

"있었지요. 아버지 어머니도 다정했고 친구도 있었지만 왠지…… ."

"그렇게 좋은 사람들이 주위에 있었는데 또 뭐가 필요하죠? 혼자 여행하면 외롭지 않나요?"

"그야 외롭지요. 왜 내 심정을 모르나요?"

사람은 눈물을 글썽이면서 물었다. 뭐가 뭔지 모르게 된 아버지 사티로스는 어찌해야 할지 모르고 있는데, 때마침 엄마 사티로스가 뜨거운 수프를 가지고 왔다. 배가 부르고 몸이 따스해지면 마음이 평화로워지는 것은 누구나 마찬가지일 것이다. 아무리 이상한 말을 하는 사람이라도 추운 밤에 따뜻한 수프를 먹는다면 마음이 좀 가라앉을 것이었다. 그렇게 생각한 사티로스 가족이 사람의 행동을 보고 있는데, 그 사람은 수프를 갑자기 후후 불기 시작했다. 좀 전에 언 손을 불면서 녹이던 모습을 본 아버지 사티로스가 물었다.

"수프가 잘 데워지지 않았나요?"

"아뇨. 너무 뜨거워서 식히고 있는 겁니다."

이 말을 들은 아버지 사티로스는 깜짝 놀랐다. 아까 손발을 덥히던 그 입김으로 이번에는 수프를 식히고 있는 것이었다. 아버지 사티로스의 눈에는 같은 입김으로 덥히기도 하고 식히기도 하는 이 사람이 점점 괴상한 생물로 보였다.

'그러고 보니 아까 한 이야기도 이상해. 일부러 고향을 버리고 여행을 다니지를 않나, 친숙한 사람들과 함께 살면서 만족하지 않고 다른 것을 구하는 것도 아무래도 납득할 수 없어. 아이들 교육을 위해서 집 안에 들였는데 아무래도 잘못한 것 같다. 이대로 두면 어떤 일이 일어날지 모른다. 한시라도 빨리 쫓아내야겠다.'

자세히 보니 엄마 사티로스의 표정도 불안한 것 같았다. 아이들은 여전히 재미있어하면서 사람의 주위에서 뛰어놀고 있었지만 일이 생기면 이미 때는 늦는다고 생각한 아버지 사티로스는 벌떡 일어나 사람을 동굴 밖으로 내쫓아 버렸다.

이후로 사티로스는 사람을 불가사의한 생물이라고 생각했고, 잘 지내다가 갑자기 캄캄한 바깥으로 쫓겨난 사람은 사티로스를 변덕스럽고 제멋대로 구는 종족이라고 생각했다.

밀과 늑대

무언가 궁리하기를 좋아하는 늑대가 있었다. 늑대란 놈은 원래 궁리하는 것을 좋아했기 때문에 배가 고프다고 앞뒤 가리지 않고 근방에 있는 염소나 양을 잡아먹는 짓은 하지 않았다. 사냥을 할 때도 이렇게 할까 저렇게 할까 머리를 굴려서 계획을 세우는 습관이 있었다. 어쩌면 이런 습관은 사람과 조금 닮은 점인지도 모른다.

늑대 중에서도 머리 굴리기를 각별히 더 좋아하는 늑대가 있었다. 이 늑대가 어느 날 말을 잡아먹어야겠다는 생각을 했다. 물론 말은 늑대보다 훨씬 크고 빠르다. 늑대가 말을 잡아먹었다는 이야기는 아직 들어 본 적이 없었다. 그만큼 말을 잡아먹는다는 것이 어렵다는 뜻이었다. 그러나 이상한 망상에 사로잡힌 이 늑대는 그렇게 생각하지 않았다.

'그렇다면 내가 잡아먹어야겠어.'

어쩌면 너무 배가 고픈 탓인지도 모른다. 늑대의 눈에는 초원을 달리는 말이 커다란 고깃덩어리로 보이기 시작했다. 드디어 진지하게 말을 잡을 궁리를 하기 시작했다.

'말은 양과 달리 우리보다 빨리 달리지. 그러니 그냥 쫓아가면 잡을 수 없어. 매복하고 있다가 덮친다 하더라도 그 큰 몸에 부딪치면 위험하다.'

보통 늑대 같으면 이 정도에서 가망이 없다고 판단하고 만다.

'그만두자. 목장에 있는 닭이나 훔치자.'

이렇게 마음을 바꿔 먹겠지만 이 늑대는 완전히 과대망상에 사로잡혀 있었다. 그러더니 이제는 아예 현실을 떠나 제 멋대로 상상을 하기 시작했다.

'일단 접근해서 어떻게든 다리를 공격해야 해.'

이 문제를 해결해야만 늑대 역사상 최초로 말을 잡았다는 명예를 얻을 수 있었다.

'말은 저 큰 몸을 가느다란 다리에 의지하고 있으니 남다른 신경을 쓰고 있을 거야. 그렇다, 의사라고 속이고 접근하자. 나는 이 근방에서 이름난 의사인데 아무래도 다리에 이상이 있는 것 같다. 즉시 치료하지 않으면 썩어 버리게 되니

진찰해 주겠다. 이렇게 말하면 말은 걱정이 되어 다리를 내게 보여 줄 거야. 그때 재빨리 정강이를 물어뜯어 다리 힘줄을 끊어 버리면 말은 큰 몸을 지탱할 수 없어 땅에 쓰러져 버릴 거야.'

말고기에 집착한 나머지 이렇게 엉뚱한 궁리를 한 늑대는 말에게 가까이 다가가서 아주 다정한 목소리로 말했다.

"나는 이 근방에서 이름난 의사인데……."

늑대의 말을 들은 말은 이렇게 대담한 거짓말을 하는 늑대도 드물다고 생각했다.

'그래, 좋은 기회다. 이 얼빠진 늑대를 혼내 주자.'

늑대의 말대로 말은 태연하게 늑대에게 뒷다리를 내밀었다. 늑대는 속으로 만세를 부르며 말 쪽으로 다가왔다. 말은 늑대가 가까이 다가오기를 기다렸다가 뒷다리로 힘껏 차 버렸다. 그 순간 불쌍하게도 늑대의 계획과 야망은 산산조각이 나 버렸다.

태산과 해산

태산이 갑자기 산기(産氣)를 느꼈다. 태산은 땅울림과 같은 큰 신음소리를 냈고, 그 소리는 사방으로 울려 퍼졌다. 그 소리를 듣고 놀란 사람들이 태산 주위로 모여들었다.

태산이 아기를 낳으려는 것이었다. 도대체 얼마나 큰 아기인지 사람들이 지켜보는 가운데 드디어 최후의 진통이 왔다. 태산은 더 한층 큰 신음소리를 냈다. 그러나 태산이 낳은 것은 뜻밖에도 한 마리의 쥐였다.

이런 바보 같은 이야기가 어디 있냐고 할지 모르지만 이와 비슷한 일이 세상에는 얼마든지 있을 수 있다. 아무리 하찮은 생명일지라도 세상에 태어날 때면 누군가의 고통이 필요하다.

운명의 여신과 어린아이

어느 날 숲 속에서 산책을 하고 있던 운명의 여신이 잠자는 어린아이를 우연히 발견했다.

운명의 여신만큼 사람을 위해 열심히 일하는 신은 없었다. 운명의 여신은, 오늘은 동으로 내일은 서로, 운명의 바퀴를 타고서 전 세계를 돌아다녔다. 오랜만에 우아한 하루를 지내고 싶었던 여신은 봄날의 햇빛을 즐기며 운명의 바퀴를 타고 숲 속을 돌아다니고 있었다.

그런데 운명의 여신에게 잠자고 있는 한 아이의 모습이 보인 것이다. 아이는 기분 좋게 잠자고 있었지만 장소가 문제였다. 아이는 우물가에 둥글게 쌓아 놓은 돌 위에서 잠자고 있었다. 만일 아이가 약간만 안쪽으로 돌아누워도 깊은 우물 속으로 떨어질지 모를 일이었다.

여신은 '도대체 왜 저런 곳에서 잠을 잘까?'하고 생각하지는 않았다. 인간이란 늘 무모하거나 위험한 짓을 태연하게 하는 동물이라는 것을 누구보다도 잘 알고 있었기 때문이다.

여신이 하는 일은, 그대로 두면 비참한 일이 생길 사람들을 위기에서 구해 주는 것이었다. 그래서 운명의 바퀴를 열심히 굴리며 분주하게 돌아다니는 것이었다. 그 덕택에 도대체 얼마나 많은 사람이 슬픔의 눈물을 흘리지 않아도 되었는지 모른다. 오늘은 쉬기 위해 숲에 오긴 했지만 죽음의 문턱에서 잠자고 있는 아이를 본 순간 운명의 여신은 걱정이 되었다.

'오늘은 쉬기로 했는데, 이곳에 오지 말아야⋯⋯.'

여신이 중얼거리며 그냥 떠나려고 할 때, 아이가 갑자기 안쪽으로 돌아누웠다. 그것을 본 여신은 순간 바람같이 달려가 아이의 몸을 잡아서 우물가에 앉혀 놓았다.

여신의 모습을 볼 수 없는 아이는 졸린 눈을 깜빡이며 일어나 그 자리를 떠났다. 숲에서 아이의 엄마가 아무것도 모르는 채 웃으며 다가왔다. 그 광경을 본 마음 착한 여신은 잘 됐다고 생각하면서 '아이가 우물에 빠져 죽었다면 저 여인은 나를 원망했겠지'하고 생각했다.

운명의 여신은 사람을 구하는 일을 하고 있지만 구할 수 있는 사람의 수에는 한계가 있었다. 아무리 여신이 운명의 바

퀴를 타고 쉴 새 없이 돌아다니며 사람을 위기에서 구해도 그보다 훨씬 많은 수의 사람들이 어리석은 일을 저질러 생명을 잃거나 재산을 잃었다. 그럴 때 많은 사람들은 그 불행을 운명의 여신 탓으로 돌려 저주했다. 그래서 착한 운명의 여신도 사람 구하는 일을 그만두고 싶을 때가 있었다.

사람은 대개 모든 일에 제멋대로 이유를 갖다 붙여 자기에게 유리한 쪽으로만 생각하고 싶어 한다. 또 무엇인가를 생각해 내면 결과를 확인하며 마치 자기가 미래의 계획자인 것처럼 이상한 궁리를 계속하게 된다.

운명의 여신조차 모르는 내일을 사람들은 어째서 마치 본 것과 같이 그리는 것일까. 그러다가 실패하면 원인을 남 탓으로 돌린다. 그리고 운명의 여신을 탓한다. 자신이 초래한 결과이거나 신조차 알 수 없는 미래를 제멋대로 그린 자신의 어리석음 때문인데도 말이다.

실제로 이 엄마도 아이가 깊이 잠들어 있으니까 괜찮겠지 싶어서 무심코 아이를 우물가에 두고 무엇을 찾으러 갔는지도 모를 일이었다. 운명의 여신은 사람이란 정말 알 수 없는 존재라고 생각하면서 쉬지도 못한 채 다시 또 운명의 바퀴를 타고 인간을 구하러 떠났다.

두 의사

오랫동안 병을 앓고 있던 한 가장이 어느 날 죽을 때가 되었다는 것을 느꼈다. 머리맡으로 가족들을 불러 한 사람 한 사람에게 작별 인사를 하려고 했다. 그는 항상 사람은 죽을 때 깨끗해야 한다고 생각했다. 그래서 자신의 생명이 끝났다고 판단되면 구차하게 발버둥치지 말고 가족에게 각각 적합한 말을 남기고 우아하고 조용하게 세상을 떠나자고 작정하고 있었다. 이것이 오랫동안 병상에 있으면서 생각해 낸 아름답게 최후를 맞는 방법이었다.

드디어 그가 죽음에 가까워졌다. 이제부터가 중요했다. 그는 아름답게 죽음을 맞자고 결심하면서 가족을 불렀다. 남편의 가느다란 목소리를 듣고 가까이에 있던 부인이 당황하며 달려오자, 그는 가족을 전부 부르라고 이르고는 조용히 눈을 감았다. 놀란 부인이 큰 소리를 지르고 그 소리를 들은 자식과 손자들이 침대 곁으로 모여들었다. 모두가 모인 것을 느낀 가장은 희미하게 눈을 뜨고 그 동안 생각하고 있던 마지막 말을 시작하려고 했다.

그때 부친이 위독해진 것으로 판단한 아들 하나가 크게 소리쳤다.

"어머니, 의사를 불러야지요!"

또 다른 아들은 삼촌과 고모도 부른다며 각각 방에서 뛰어나갔다. 가장은 먼저 가족 모두에게 말한 뒤, 그 다음에 한 사람 한 사람에게 말을 할 작정이었는데 계획이 어긋나고 있었다. 이왕 이렇게 됐으니 좀 더 기다리자고 생각한 그는 힘을 아끼기 위해 다시 한 번 눈을 감았다. 이것을 본 부인은 더 놀랐다.

"빨리 의사를 불러요!"

이번에는 딸이 달려 나갔다. 이윽고 아들이 의사와 같이 왔다. 딸도 다른 의사를 데리고 왔다. 그는 이렇게 되면 최후의 무대가 엉망이 되어 버린다고 생각했지만 친척들까지 모두 모여서 의사와 귀엣말을 나누었다. 한 의사가 말했다.

"이제 얼마 안 남았습니다. 장례식 준비를 하는 것이 좋겠습니다."

그러자 또 다른 의사가 말했다.

"문제없습니다. 고칠 수 있습니다. 제게 맡기시지요."

두 의사는 큰 소리로 언쟁을 했다. 가장은 자신의 생사는 자기가 결정한다고 말하고 싶었지만 기운이 없어 목소리가 나오지 않았다. 두 의사가 여전히 자기 의견을 가족들에게 설명하는 가운데, 가장의 생명의 불꽃은 허무하게 꺼져 갔다.

성자의 유해

한 성자(聖者)가 죽었다. 그는 약 40년 전에 어디선가 나타나 마을 끝에서 조용히 살았 다. 처음에는 정체를 알 수 없는 자가 왔다며, 멀리하고 때로는 싫은 내색을 하던 사람들도 곧 그가 마을에 유익한 사람이라는 것을 알게 되었다.

성자는 자기 집 주위에 약간의 밭을 갈고 나무열매를 따 먹거나 산나물을 캐고 물고기를 잡아먹으며 살았기 때문에 마을 사람들에게는 전혀 폐를 끼치지 않았다. 또한 병이나 상처를 낫게 하는 약초에 대해서도 잘 알고 있었다. 그뿐 아니라 성자는 별이나 먼 나라에 대해서, 그리고 여러 가지 도구를 만드는 방법까지도 잘 알았다. 물론 마을 사람들이 그 사실을 알게 된 것은 그가 마을 끝에 살기 시작한 지 몇 년이 지나고 나서였다.

어느 날 성자는 크게 다친 아이를 고치고, 그 어머니의 위급한 병을 고친 다음 근처에 사는 사람의 눈까지 고쳐 주었다. 그 뒤로 마을 사람들은 일이 있을 때마다 성자를 의지하게 되었다. 나라에 전염병이 유행하여 많은 사람들이 죽었을 때 이 마을을 구한 것도 성자였다. 그에 대한 소문은 전국에 퍼졌고 먼 곳에서부터 많은 사람들이 이 마을을 찾아왔다. 소문은 계속 퍼져나갔고 국왕까지도 성자의 지혜를 빌리기 위해 마을을 방문했다.

사람들이 그를 성자라고 부르게 된 것은 분명히 그 무렵부터였다. 그래도 성자는 전과 같이 야산을 거닐고 아이들에게 읽고 쓰기를 가르치며 지냈다.

성자가 죽었다는 소문은 나라 전체에 퍼졌고, 왕명에 의해 성대한 장례식이 거행되었다. 성자의 유해를 왕 곁으로 운반하는 사람은 성자의 집 가까이에 살면서 마을을 방문하는 사람들을 상대로 여관을 경영하던 남자였다. 그가 성자의 유해를 운반하며 길을 가는 동안 거리에 모인 사람들은 그를 향해 눈물을 흘리며 안타까운 듯 기도를 했다.

왕궁에 가까워지자 사람들은 더욱 많아졌으며 누구나 남자를 향해서 손을 모아 기도를 했다. 물론 사람들은 죽은 성자에게 기도하는 것이었지만 그 남자가 볼 때는 자기에게 감사하며 인사를 보내는 것 같았다. 사람들 속에서 자신이 마치 성자가 된 것 같은 착각에 빠진 남자는 성자의 유해를 자랑스럽게 들어 올리며 개선장군처럼 길을 걸어갔다.

사람의 집으로 이사 온 뱀

　들에서 사는 것에 싫증이 난 뱀이 사람이 사는 집에서 살려고 마음먹었다. 사람이 사는 집은 들판과 달리 밤에는 따뜻하고 낮에는 시원하다고 들었다. 그리고 고생하며 먹이를 찾지 않아도 언제나 먹을 것이 많다고 했다. 게다가 뱀이 좋아하는 쥐가 얼마든지 있다는 것이다. 뱀에게는 바로 천국이 아닌가.

　들판을 버리고 온 뱀이 들어간 집은 마을 대장간이었다.

　밤이 되어 설레는 가슴을 안고 집 안을 탐색하기 시작한 뱀이 처음으로 발견한 것은 이미 그 집에 살고 있는 또 다른 뱀이었다. 그런데 그 뱀은 똬리도 틀지 않고 머리도 들지 않은 채 몸을 축 늘어뜨리고 있었다. 순간 뱀은 당황했지만 여기서 물러나면 체면이 서지 않는다고 생각하며, 어떻게 해서든

상대를 위협해서 이 집에서 내쫓아야겠다고 생각했다.

들판에서 살 때는 뱀들 중에서 나름대로 위엄이 있었으므로 조금만 위협하면 되겠다고 판단한 뱀은 공격할 태세를 갖추었다. 뱀은 먼저 똬리를 틀고 머리를 세워 이빨을 드러냈다. 그런데 상대는 못 본 체하며 태연히 누워서 꼼짝도 하지 않았다. 혹시 죽었나 하고 자세히 살펴보았지만, 뱀은 지붕 틈으로 새어 들어오는 달빛에 비늘이 검게 빛나는 건강한 상태였다.

'아마도 쥐를 실컷 먹은 나머지 배가 불러 움직일 수 없어서 누워 있나 보다.'

뱀은 알 수 없는 노여움이 치솟아 자기도 모르게 상대 뱀을 물어뜯고 말았다. 그러나 필사적으로 물었지만 검게 빛나는 뱀은 믿을 수 없을 만큼 단단해서 아무리 물어도 꼼짝도 하지 않았다. 물면 물수록 이빨만 망가질 뿐이었다. 이 뱀은 그것이 단단한 쇠로 만든 줄이라는 걸 몰랐던 것이다. 불쌍하게도 뱀은 순식간에 자기 이빨을 모두 망가뜨리고 말았다.

사자 왕의 출정

동물의 세계에 전쟁이 일어날 것 같았다. 동물들 가운데 절반은 무서워 떨고 나머지 절반은 마구 흥분했다. 모두 안정을 잃고 소란을 피우기는 마찬가지였다. 그중에서도 혈기 왕성한 동물들은 강한 군대를 조직하기 위해 서둘렀다.

그들은 왕으로 떠받들고 있는 사자에게 모든 동물들을 소집해 달라고 부탁했다. 사자 왕은 용감한 자는 즉시 자기 앞에 모이라고 호령했다. 제일 먼저 달려온 동물은 마치 갑옷을 입은 것처럼 단단한 몸을 가진 코뿔소였다. 코뿔소를 선두로 하여 진군하면 두려울 것이 없겠다고 동물들은 손뼉을 치며 좋아했다. 그 다음에 땅을 울리며 달려온 동물은 거대한 코끼리였다. 코끼리가 같이 싸워 준다면 일당백이라고 더욱 좋아하는 가운데 늑대와 여우, 호랑이와 표범, 하이에나와 들소도 앞으로 나왔다. 많은 동물들이 계속해서 사자 왕의 지휘 아래 모여들었다. 동물들이 모인 곳은 벌써 싸움에 이긴 듯한 축제 분위기로 들떠 있었다.

처음에는 무서워 떨던 동물들의 사기도 높아졌으며, 코뿔소와 코끼리를 선두로 발걸음도 당당하게 행진을 시작했다. 그때 당나귀 한 마리가 힘없이 어슬렁거리며 나타났다. 행진 대열에 가까이 온 당나귀는 머뭇거리며 부탁했다.

"나도 대열에 끼워 주세요."

그 말을 들은 동물들은 일제히 웃으며 상대를 하려 하지 않았다.

"네가 무슨 싸움을 하겠니?"

"나도 반드시 도움이 될 테니 끼워 주세요."

당나귀는 다시 한 번 큰소리로 외쳤다. 당나귀는 평상시에는 낮은 목소리로 말하지만 무서운 일을 당하면 크게 비명을 질렀다. 그런 당나귀가 큰소리로 외쳤으니 놀라지 않을 수 없었다. 코뿔소도 코끼리도 늑대도 깜짝 놀라 걸음을 멈출 정도였다. 이를 본 사자 왕이 말했다.

"네가 도움이 된다는 것은 그 바보같이 큰 목소린가? 좋다. 너는 부대의 선두에 서서 그 목소리로 돌격 나팔을 불어라."

그러자 당나귀는 갑자기 뒷걸음질을 치며 말했다.

"선두라니, 그리고 돌격이라니, 말도 안 돼요. 나는 이 대열의 제일 뒤에 있다가 퇴각 신호를 하도록 하겠습니다."

사자의 모피를 뒤집어 쓴 당나귀

　당나귀 한 마리가 있었다. 당나귀는 몸도 튼튼했고 얼굴도 상당히 영리하고 기품 있어 보였다. 기억력도 좋고 동작도 재빨라 주인한테 사랑을 듬뿍 받았다. 이렇게 남들이 보기에는 행복한 나날을 보내는 것 같았지만 당나귀는 매일 불평을 했다. 물론 나름대로 귀중하게 대접받고 있기는 해도 결국은 당나귀로밖에 취급받지 못하는 자신의 처지에 불만을 가지고 있었다.

　'어째서 나처럼 대단한 당나귀가 더 주목받지 못하는 것일까? 좀 더 존경받을 수는 없을까?'

　늘 이렇게 불만을 품고 있었다.

　'저 작고 능력 없는 개도 저렇게 귀여움을 받는데.'

　'저렇게 말라빠진 말도 저렇게 훌륭한 사람을 태우고 다니

는데.'

'저런 헌 시계도 저렇게 잘 닦아 주는데.'

당나귀는 개처럼 사람과 장난치며 노는 것을 좋아하는 동물이 아니었다. 또 말처럼 달리는 것을 좋아하는 동물도 아니었고, 시계처럼 한시도 쉬지 않고 열심히 일하는 것도 성격에 맞지 않았다. 그런데도 당나귀는 자신의 처지에 큰 불만을 가지고 있어서 무엇을 해도 즐겁지 않았고 무엇을 먹어도 만족하지 못했다.

그러던 어느 날 당나귀는 창고에서 사자의 모피를 발견했다. 그 모피는 그 집의 돌아가신 할아버지가 젊은 시절 아프리카에서 사자를 잡아 만든 기념품이었다.

'그러고 보니 할아버지는 항상 이 사자 이야기를 했었다.'

당나귀는 저 혼자 고개를 끄덕였다.

'사자는 모든 동물의 왕이라고 들었어. 그 모습을 보면 어떤 동물도 벌벌 떨었다고 했지. 그리고 할아버지가 저 모피를 뒤집어쓰면 그때는 아이였던 집주인도 울면서 도망 다녔지.'

당나귀는 자신의 평가를 높일 수 있겠다고 확신하며 몰래 사자모피를 뒤집어쓰고 밖으로 나갔다. 그러자 개들이 짖으며 달려들었고, 주인은 몽둥이를 들고 와서 마구 때리기 시작했다.

대지의 신과 젊은 농부

농사는 자연 환경의 영향을 많이 받기 때문에 늘 농부의 뜻대로 되지는 않는다. 봄에 좋은 날씨가 계속되어 풍작이라고 예상해도 여름에 비가 오지 않으면 수확이 적어진다. 또 밀 농사가 잘 안 되어 걱정하면 과일 농사가 잘된다. 하여간 농부들은 자연의 변화에 적응하면서 불가항력일 경우에는 일찌감치 단념해 버리기도 했다. 그것은 하나의 지혜였다.

흉작 때문에 어려운 겨울을 지냈던 어느 마을에 봄이 왔다. 농부들은 대지의 신에게 풍작을 빌면서 밭을 갈기 시작했다. 이것을 보고 한 젊은 농부가 싫증난 소리로 말했다.

"신이 어디 있냐? 작년에도 그렇게 빌었는데 흉작이었잖아?"

"그런 말을 하면 안 돼! 물론 비가 적게 오기도 하고, 추수

도 하기 전에 추워져서 힘들었던 적도 있었지만, 그래도 우리들은 이 땅에서 조상 대대로 살아오지 않았나? 불평할 시간이 있으면 밭이나 더 갈아 두는 게 좋을 거야."

하지만 젊은 농부는 제멋대로 날씨를 바꾸어 버리는 신이 미웠다.

"나라면 비 오는 날과 맑은 날을 확실히 정하여 매년 풍년이 들게 할 텐데. 내 밭에서만이라도 마음대로 날씨를 조절할 수 있다면 좋을 텐데."

젊은 농부가 이렇게 말하자 어디선가 소리가 들려왔다.

"그래 좋다. 한번 해 봐라!"

이상하게 생각한 젊은 농부가 시험 삼아 외쳐 보았다.

"비야, 와라!"

그러자 그의 밭에만 비가 왔다. 젊은 농부는 다시 한 번 외쳤다.

"햇빛이여, 비추어라!"

곧 비가 그치고 해가 났다. 자기 밭의 날씨를 자유롭게 조정할 수 있게 된 젊은 농부는 신이 나서 일을 하기 시작했다. 먼저 밭을 갈고 씨를 뿌리고 나서 이렇게 말했다.

"비야, 와라!"

내리기 시작한 비는 그만 오라고 할 때까지 계속 왔다. 그 다음에는 해를 불러 밭을 비추자 며칠 안 가서 싹이 났다. 거기까지는 순조롭게 진행되었다.

"뭐야! 너무 간단하잖아."

젊은 농부는 신이 나서 열심히 비를 오게 했다가 그치게 했다. 싹을 빨리 자라게 하려고 필요 이상으로 햇빛을 강하게 비추었으며, 싹이 시들자 서둘러 많은 비를 오게 하기도 했다. 때로는 비를 그치게 하는 것을 잊어버리고 그대로 집에 돌아가기도 했다.

추수철이 되었을 때 다른 농부들은 곡물을 작년과 비슷한 양으로 수확했다. 그러나 젊은 농부는 날씨 조작에만 너무 신경을 쓴 나머지 아무런 농작물도 얻지 못했다. 완전히 맥이 빠진 젊은 농부는 날씨를 조작하는 힘을 다시 신에게 돌려주고 말았다.

닭과 고양이와 새끼 쥐

태어난 지 얼마 안 된 새끼 쥐가 있었다. 걸음마를 배우고 여러 가지 일들을 조금씩 알기 시작한 새끼 쥐가 어느 날 아무에게도 말하지 않고 어두컴컴한 창고 지붕에서 바깥으로 나갔다. 밖은 아주 밝았고 상쾌한 바람도 불었다.

"바깥세상은 이렇게 멋진데 왜 마음대로 밖에 나가면 안 된다는 거지? 이런 걸 알게 되면 노는 데만 정신이 팔릴까 봐 그랬나 보다."

이렇게 중얼거리는 새끼 쥐는 지금까지 한 번도 본 적 없는 것들을 보았다. 그것은 양지쪽에서 졸고 있는 고양이와 꼬꼬댁하고 요란한 소리를 지르며 마당을 뛰어 다니는 닭이었다.

새끼 쥐는 우선 친구를 사귀자고 생각했다. 같은 시기에 태어난 쥐들 중에서 이 쥐는 상당히 활발하고 머리도 좋았다. 그래서 같은 새끼 쥐들과 사귀자니 어쩐지 부족함이 느껴졌다.

"친구는 골라서 사귀도록 해라. 너의 장래는 누구를 친구로 삼느냐에 달려 있다."

항상 엄마 쥐에게 귀가 닳도록 들은 말이었다. 새끼 쥐는 먼저 그 둘 중에서 누구를 친구로 삼으면 좋을지 생각해 보았다.

'방정맞게 뛰어다니는 놈은 틀렸어. 뾰족한 부리에 눈에 핏발까지 서 있고 방정맞은 행동은 쥐보다 더 하네. 그렇지 않아도 침착하지 못한 것이 옥에 티라는 지적을 듣는데 저런 놈과 사귀는 것은 아무런 도움이 안 돼. 그래, 나처럼 부드러운 털을 가지고 있고, 침착하고 우아해 보이는 쪽을 친구로 삼자. 저 침착함과 우아함이야말로 앞으로 내가 배워야 할 자세다.'

이렇게 생각한 새끼 쥐가 고양이와 친구가 되려고 막 나서려는 순간이었다. 쥐를 본 닭이 꼬꼬댁 소리를 지르며 마당을 뛰어 다니는 바람에 고양이가 놀라서 잠을 깼다. 고양이는 곁눈으로 닭을 노려본 뒤 한잠 더 자기 위해 다른 곳으로 가 버렸다. 그 덕분에 목숨을 건진 새끼 쥐는 그것도 모르는 채 친구를 사귀지 못하게 된 것을 아쉬워했다.

혈통을 자랑하는 노새

혈통을 자랑하는 노새가 있었다. 노새는 원래 당나귀인 아버지와 말인 어머니 사이에서 태어난 동물이다. 혈통이라는 것은 보통 말이면 말, 개면 개, 한 종의 핏줄이 같음을 의미하는 것이어서 두 종이 혼합되면 혈통을 말할 수가 없었다. 그런데 어찌된 셈인지 이 노새는 자기 집안의 혈통이 훌륭하다고 자랑했다. 당나귀에게는 혈통이라는 게 없지만 말에게는 혈통이 있었고, 그것을 계속 듣고 자랐기 때문에 그런 마음을 갖게 됐는지도 몰랐다.

이 노새가 일을 하지 않고 집에서 편하게 지낼 수 있었던 것은 노새의 어미인 말이 주인집에서 귀한 대접을 받고 있었기 때문이다. 집주인이 사냥을 하거나 멀리 나들이를 갈 때 타고 가는 것은 반드시 노새의 어미인 말이었고 또 특별한 손님을 맞거나 보낼 때 꽃으로 아름답게 장식한 마차를 끄는 것도 역시 말이었다. 길고 날씬하게 뻗은 다리와 아름다운 털을 가진 말은 이 집의 자랑거리였다.

그 덕분에 말을 닮은 털을 가진 노새도 귀한 말의 새끼로서 귀여움을 받고 있었다. 항상 말을 칭찬하는 소리를 듣고 자란 노새가 혈통을 자랑하게 된 것도 무리가 아니었다. 하지만 단순히 아름다운 말의 새끼이기 때문에 아무 일도 하지 않고, 개나 고양이나 양을 상대로 혈통을 자랑하면서 놀고 지낼 수 있는 것은 아니었다. 그 노새의 아버지인 당나귀가 상당히 기운이 세어서 무거운 짐을 혼자 다 나르고 있었기 때문에 아직 어린 노새에게 시킬 만한 일이 없었던 것이다. 이것이 노새가 태평하게 놀 수 있었던 제일 큰 이유였다.

노새가 그것을 알게 된 것은 그로부터 얼마 후인 가을걷이 때였다. 집주인이 추수로 바쁜 친구의 부탁을 받고 노새를 빌려준 것이다. 그 친구는 거두어들인 밀을 짐차에 가득 쌓아 놓고는 노새에게 말했다.

"자, 끌어라!"

한 번도 짐차를 끌어 본 적이 없는 노새는 불만스럽게 쿵쿵, 콧소리를 냈다.

"투덜대지 말고 빨리 끌어!"

하지만 집주인의 친구는 매몰차게 채찍으로 노새의 등짝을 한 대 내리쳤다. 아무리 털이 아름다워도 노새는 그저 노새에 불과했다. 노새는 그것을 모르고 있었다.

병든 사자와 여우

　오랫동안 동물의 왕으로 군림하던 사자가 병이 들었다. 아마도 늙은 탓이겠지만 몸이 나른하고 조금만 걸어도 다리가 떨렸다. 만약 병이 낫지 않는다면 사자도 먹이를 잡지 못해서 엄격한 황야의 규칙에 따라 굶주리다가 조용히 죽어갈 것이었다.

　그러나 사자는 그런 사태를 예상하고 만일 자기가 병이 들 경우 초원의 동물들은 한 마리도 빠짐없이 3일마다 교대로 반드시 문병을 올 것이며, 만일 문병을 오지 않은 자가 있으면 나중에 엄한 벌을 내릴 것이라고 명령을 해두었다. 늙거나 병이 나서 사냥을 할 수 없게 되더라도 굶주려 고생하는 일이 없도록 하기 위해 생각해 낸 사자의 잔꾀였다.

　그 동안은 다행히도 사자가 젊고 건강하여 그런 명령을 내린 적이 한 번도 없었다. 그래서 동물들은 그 명령이 의미하는 위험을 모른 채 평화로운 하루하루를 보내다가 드디어 그 명령을 받았던 것이다.

다른 동물들에게 명령을 전한 얼룩말이 맨 처음 문병을 갔고 다음에는 임팔라, 그 다음에는 멧돼지, 그 다음에는 사슴이 문병을 갔다. 동물들은 왠지 불안했지만 사자의 명을 어길 용기도 없었다. 문병을 간 동물들이 돌아왔는지 확인하지도 않은 채, 그저 순번을 기다리다가 3일마다 차례가 오면 당연한 것처럼 문병을 갔다. 이번에는 여우가 문병 갈 차례가 되었다.

'가기 싫은데.'

여우는 주위의 다른 동물들과 의논을 했다.

"얌전히 사자가 시키는 대로 하는 게 좋을 거야. 나중에 큰일을 당해도 우리는 몰라."

다른 동물들은 이렇게 말했다.

'하지만 문병을 간 뒤 아무도 돌아오지 않은 이유는 무엇일까?'

여우는 몰래 사자가 사는 동굴을 들여다보았다. 그곳에서 여우가 발견한 것은 그 동안 사자에게 문병을 갔던 동물들의 뼈였다. 이것을 본 여우는 깜짝 놀라 재빨리 도망가 버렸다.

진창에 빠진 마차

많은 짐을 실은 마차가 길을 가고 있었다. 그런데 도중에 그만 바퀴가 진창에 빠져 버렸다. 진창에서 빠져나오려고 마부는 말을 채찍으로 때렸지만, 짐이 워낙 무거워 바퀴는 움직일수록 더 깊이 빠져들었다. 약속 시간 때문에 다급해진 마부는 더욱 세게 채찍을 휘둘렀지만 마차는 점점 기울어져 곧 넘어질 것 같았다. 당황한 마부는 마차에서 내려 말과 함께 마차를 끌어내려고 안간힘을 썼다. 하지만 마차는 흔들거리기만 할 뿐 움직이지 않았다.

화가 난 마부는 무턱대고 화풀이를 하기 시작했다.

"이런 놈을 뭣 때문에 이제껏 길러 줬담! 이 넝마 같은 마차야!"

마부는 마차를 발로 걷어차고 길을 진창으로 만든 비를 원망했다. 그러는 동안 시간이 흘러 약속을 지키지 못하게 되었다. 그러자 마부는 마음이 약해져 길바닥에 주저앉은 채 넋두리를 늘어놓기 시작했다. 마부는 재수 없는 일진과 짐의 무게와 자신의 직업을 탄식했다. 그러다가 이번에는 하늘을 올려다보며 신에게 빌었다.

"하느님, 이 불쌍한 사람을 살려 주십시오."

마부는 눈물을 흘리며 빌었다. 하늘에서 애끓는 기도를 들은 신은 급히 마부한테 달려왔다.

"왜 더 빨리 오지 않았습니까?"

마부는 기뻐하기는커녕 불평을 했다.

"어떻게 좀 해주세요. 말의 힘을 더 세게 해주든지 나를 힘센 장사로 만들어 주든지, 아니면 이 짐차라도 진창에서 꺼내 주세요. 신이라면 그 정도의 일은 쉽겠지요?"

그러나 신이라고 해서 무엇이나 다 할 수 있는 것은 아니었다. 신의 역할은 어디까지나 자연이 자연답게 유지되도록 지켜보면서 도와주는 것이었다. 비를 아래서 위로 오르게 하거나 물을 불로 바꾸거나 돌에 꽃이 피게 하는 일은 할 수 없었다. 하물며 자기의 잘못으로 마차를 진창에 빠뜨린 마부의 개인적인 사정에까지 신이 일일이 관여할 수는 없었다.

하지만 그렇다고 해서 매몰차게 거절하면 원망을 받아 신의 평판이 나빠질 수도 있었다. 할 수 없이 신은 마부가 스스로 일을 해결할 수 있도록 조언해 주었다.

"왜 마차가 진창에서 빠져나오지 못하는지 원인을 침착하게 생각하고 개선하려고 하지 않느냐? 그 주위에는 진창을 메우기에 적당한 돌이 많지 않느냐? 판자조각들도 마른 흙도 널려 있지 않느냐? 그것을 모아서 바퀴 아래 깔아 단단하게 하면 마차가 빠져나오지 않겠느냐?"

신의 말을 들은 마부는 돌과 판자조각과 흙을 모아서 진창을 메우고 말에게 채찍질을 했다. 마차는 단번에 진창에서 빠져나왔다. 그렇게 일을 해결했으면 신에게 감사하다는 인사라도 해야 할 텐데 마부는 아무 말도 하지 않고 가 버렸다. 그런 마부를 보며 신은 중얼거렸다.

'왜 인간은 다른 생물들과 달리 원해서는 안 되는 것을 바랄까? 왜 자기에게는 운이 없다, 아무도 도와주지 않는다고 불평만 할까? 왜 자기 힘이나 재능이나 주위에 있는 것을 잘 활용해서 해결하려고 하지 않을까? 지혜라는 것이 그런 것이거늘. 무슨 일만 생기면 신에게 부탁하거나 들어주지 않는다고 원망하니. 나도 더 이상 도와줄 수 없구나.'

왕을 속인 장사꾼

늙은 야바위 장사꾼이 있었다. 그는 밀가루를 기름으로 이겨서 어떤 상처에도 잘 듣는 좋은 약이라고 속여 팔거나, 싸구려 식칼에 명인의 이름을 새겨 넣어 명품이라고 속여 팔았다.

아무도 거들떠보지 않을 물건을 이렇게 속여 행인들에게 팔아먹는 이 장사꾼은 그런 일을 몇 십 년 동안 계속 해 왔다. 그렇기 때문에 그의 화술은 이미 예술의 경지에 이르렀다.

이 늙은 야바위 장사꾼에게 걸리면, 아니 정확하게 말해서 그의 입을 거치면 아무리 하찮은 물건도 마치 마법에 걸린 것처럼 특별한 물건이 되었다. 늙은 야바위 장사꾼이 길가에서 판을 벌리고 떠들어 대기 시작하면 이상하게도 어느새 사람들이 주위를 둘러싸는 것이었다.

이야기가 끝나고 그가 정체 모를 상품을 희망자에게만 특별히 나누어 주겠다고 말하면 너나없이 그 상품을 샀다. 나중에 사람들이 후회하면 그는 이미 다른 마을로 가 버린 뒤였다. 그가 파는 물건이 유용하든 말든 그 늙은 야바위 장사꾼의 이야기는 생각만 해도 재미있었기 때문에 사람들은 그를 원망하지 않았다.

그러던 어느 날, 늙은 야바위 장사꾼이 갑자기 장사를 그만둬야겠다고 생각했다. 그러나 마지막으로 딱 한 번, 정말로 쓸데없는 물건을 바보 같은 왕에게 아주 비싸게 팔고 그만두겠다고 결심했다. 그래서 그는 늙은 당나귀 한 마리를 사서 성 안으로 끌고 들어갔다. 그리고 사람들이 많은 시장 한구석에서 당나귀를 상대로 무언가 어려운 말을 하기 시작했다. 모여든 사람들이 무엇을 하느냐고 묻자 늙은 야바위 장사꾼은 당나귀를 교육시킨다고 대답했다.

"왜 그런 일을 하고 있습니까?"

"나는 여러 나라를 순회하고 있는 현자(賢者)인데 바람결에 이 나라 대신들이 전부 바보라는 소문을 들었소. 그렇다면 백성들도 불쌍하고 왕도 고민스러울 것으로 생각되어, 지금까지 내가 얻은 지혜를 전부 이 당나귀에게 가르쳐 주어 왕에게 봉사할 수 있도록 선물할까 해서 교육시키고 있는 중이라오."

그 말을 들은 사람들은 설마 하고 처음에는 웃으며 믿지 않았다. 그러다가 늙은 야바위 장사꾼이 매일 시장 한쪽에서 당나귀를 상대로 세율을 정하는 방법, 부정을 방지하는 방법, 이웃 나라와 외교하는 방법, 산업을 진흥시키는 방법 등 어려운 이야기를 아침부터 밤까지 하는 것을 보고 혹시나 하는 마음이 생겼다. 더욱이 당나귀도 노인의 말에 묵묵히 귀를 기울이거나 빤히 상대의 눈을 바라보거나, 때로는 무엇을 알아들은 것처럼 고개를 아래위로 흔들거나 부르릉 콧소리를 내는 것이었다.

  마침내 사람들은, 노인이 지금은 은퇴하여 여행을 하고 있지만 예전에는 풍요롭고 평화로운 국가의 중신이었으며, 이제 그 나라에서는 그의 교육을 받은 당나귀가 왕을 보좌하고 있을 것이라고 생각하게 되었다. 소문은 곧 성 안에 퍼졌고 바보라는 소리를 들은 대신들은 화가 나서 노인을 붙잡아 처벌하려고 했다. 하지만 항상 잔소리나 하는 대신들이 귀찮던 멍청한 왕은 그를 처벌하기는커녕 오히려 늙은 야바위 장사꾼을 불러들였다.

  "정말 당나귀를 교육시킬 수 있는가?"

  왕 앞에 불려간 늙은 야바위 장사꾼은 당나귀를 교육하는 방법과 그것이 현실적으로 얼마만큼 효과가 있는지를 상세

하게 설명했다. 정말로 황당무계한 얘기였지만 남 속이기를
잘하는 늙은 야바위 장사꾼의 입에서 나온 이야기였으니 사
실처럼 들리지 않을 수 없었다.

설명을 다 들은 왕은 그 당나귀가 탐이 났다.

"얼마면 그 당나귀를 팔겠는가?"

"당치도 않은 말씀입니다. 오직 임금님과 이 나라를 위한
일에 한 푼도 받을 생각이 없습니다. 당나귀 교육이 끝나기
만 하면 내일부터라도 임금님 곁에서 봉사하게 하고 싶지
만……."

늙은 야바위 장사꾼은 말하다가 갑자기 입을 다물어 버
렸다.

"왜 그러는가?"

왕이 묻자 늙은 야바위 장사꾼은 안타까운 표정으로 말
했다.

"온갖 지혜에 대해서는 이전에 길렀던 당나귀보다 더 많이
가르쳤지만, 그것을 사람의 말로 표현하는 방법을 아직 가르
치지 못했습니다. 그러니 아직 임금님께 봉사할 수가 없습니
다."

"당나귀가 사람의 말을 하려면 얼마나 걸리는가?"

술수에 말려든 왕이 이렇게 묻자 늙은 야바위 장사꾼은 미

안해하면서 말을 이었다.

"적어도 3, 4년은 걸립지요. 물론 당나귀가 말을 할 수 있을 때까지 제가 이 당나귀와 함께 임금님을 도와드리겠습니다."

이렇게 해서 당나귀와 함께 왕실에서 살게 된 늙은 야바위 장사꾼은 혼잣말로 중얼거렸다.

"3, 4년 있으면 내 생명도 끝날 것이야. 어쩌면 당나귀가 먼저 죽을지도 모르지. 그러면 처음부터 다시 새 당나귀를 교육시키는 것으로 하면 되겠구나."

말썽꾸러기 세 천사

아주 옛날, 신과 천사와 사람이 같은 세상에서 살고 있을 때였다. 말썽 일으키기를 좋아하는 세 천사가 있었다. 그중 한 천사는 '언쟁 천사'라고 불렸는데, 이 천사는 싸움 붙이기를 좋아하여 고자질을 하거나 나쁜 평판을 퍼뜨려서 서로 언쟁하게 하는 것을 즐겼다.

이 천사에게는 '애매 천사'라는 동생이 있었다. 그가 하는 일은 어떤 일이나 애매하고 흐지부지하게 만들어 버리는 것이었다. 또 '제멋대로 천사'라고 불리는 형도 있었는데 그는 어떤 일에든 간섭하여 제 마음대로 하지 못하면 견디지 못했다. 모든 일에는 여러 가지 견해나 방법이 있고, 또 일단 한 가지 방법으로 시작했다 하더라도 문제가 생기면 견해나 방법을 바꾸어 옳은 방향으로 풀어 가는 지혜가 필요하다. 그

런데 이 천사는 무조건 까다롭게 지시할 뿐만 아니라 갑자기 제멋대로 방법을 바꾸기도 했다. 그래서 그가 관여하면 일이 잘 진행되지 않았다. 물론 이것이 이 천사가 노리는 목적이기는 했지만 일이 잘 되지 않으면 누구누구가 지시를 듣지 않았기 때문이라고 말하여 불화를 부채질했다.

이 말썽꾸러기 세 천사가 가는 곳에는 항상 문제가 끊이질 않았다. 사람들이 싸우고 다투는 것은 이 세 천사에게 현혹되어서 일어나는 것이 대부분이었다. 그러나 신이나 다른 천사들은 사람과 달리 신념과 힘이 있었고 각자 나름대로 사리를 분별할 줄 알았다. 그리고 무엇보다 살기 좋은 세상을 만드는 데 '언쟁'이나 '애매'나 '제멋대로'는 좋은 결과를 가져오지 않는다는 것을 알고 있었다. 그래서 아주 무료할 때 심심풀이 상대로만 세 천사를 취급했다.

하지만 어쩐 일인지 사람들은 말썽꾸러기 세 천사의 말에 마음을 잘 빼앗겼다. 세 천사가 하는 일은 사람들 사이에 심각한 다툼을 불러오곤 했다. 그리고 그 싸움에 신과 다른 천사들까지 말려드는 경우가 많아졌다. 신과 다른 천사들은 이대로 가면 안 되겠다고 생각하고 사람과 신들의 세계를 분리했다. 그리고 그 사이를 천사가 왕래하도록 만들어 버렸다.

이때부터 말썽꾸러기 세 천사는 상대하기 쉬운 인간 세상을 활동무대로 삼기로 했다. 그래서 인간 세계에는 언쟁과 애매함과 제멋대로가 판을 치게 되었다.

젊은 미망인

아직 젊고 아리따운 여인이 갑자기 남편을 잃었다. 그 여인과 남편, 두 사람은 누구나 부러워할 정도로 사이가 좋았기 때문에 여인의 슬픔은 말할 수 없이 컸다. 여인은 항상 죽은 남편을 생각하면서 내내 울었다. 또 남편을 빼앗아간 신을 원망하고 홀로 된 자신의 운명을 저주했다.

아름다웠던 여인의 얼굴에는 주름이 생겼고 눈빛은 흐려졌으며 풍만하던 몸은 점차 말라갔다. 누구나 그 불쌍한 모습을 보고 마음 아파했다. 남편을 잃은 이 여인뿐만 아니라 마을 전체가 생기를 잃고 슬픔에 잠겼다.

"언제나 즐거움을 주던 사람, 내 삶의 의미였던 사람이 없으니 더 이상 사는 보람이 없어."

여인은 낮이나 밤이나 그렇게 생각했다. 한번은 강물에 빠져 죽으려고도 하였으나 때마침 지나가던 마을 사람이 구하여 목숨을 건졌다. 그것을 안 여인의 아버지가 신에게 빌었다.

"차라리 제 생명을 한시라도 빨리 거두어주세요."

이대로 두면 자살은 하지 않더라도 머지않아 쇠약해져 죽을지도 모른다고 판단한 아버지는 어떻게든 딸이 미래에 대한 희망을 갖게 할 방법을 궁리했다. 딸에게 새로운 희망을 안겨주기 위해 궁리하던 어느 날, 죽은 사위가 살아있을 때 정원에 구근을 심던 것을 생각해냈다. 아버지는 딸에게 생전에 그가 키우고 싶어 했던 꽃이 무슨 꽃인지 보고 싶다고 말했다. 이 말은 여인에게 작은 힘이 되었다. 여인은 정원에 울타리를 치고 물을 주며 열심히 돌보았다.

그러던 어느 날 죽은 남편이 생전에 귀여워하던 염소가 새끼를 낳았다. 아버지는 새끼 염소에게 이름을 지어 주고 딸에게 기르게 했다. 새끼 염소는 무척 귀여웠고 무심한 염소의 눈을 바라보고 있으면 그녀는 왠지 마음이 평화로워졌다.

얼마 후 겨울이 왔다. 어느 날 마을 사람들이 이웃 마을에 갔다 와서 이렇게 말했다.

"당신 남편이 이웃 마을에 설치한 가로등을 사람들이 아주 좋아하던데요."

그 말을 들은 여인은 가로등이나 문 장식, 창틀을 만들던 남편을 생각하고는 이웃 마을의 광장을 밝히는 가로등이 보고 싶었다. 남편을 잃은 이후 여인이 무엇인가를 하고 싶은 것이 처음이었다.

그리고 겨울이 지나 봄이 돌아왔다. 봄과 함께 새싹이 나오고 마을 여기저기에 꽃이 피기 시작했다. 죽은 남편이 심은 구근에서도 여러 가지 색의 꽃이 피었다.

"그 사람은 이렇게 많은 색색의 꽃들이 피는 걸 보고 싶었던 것이구나."

여인이 봄날의 부드러운 햇살 속에서 추운 겨울을 견디고 피어난 꽃을 바라보고 있는데 울타리 너머에서 잔잔한 목소리가 들려왔다.

"아름다운 정원이군요."

한 청년이 미소를 지으며 정원을 바라보고 있었다.

"땅 속에 이렇게 아름다운 꽃들이 숨어 있었다니."

여인은 혼잣말을 하며 무심코 울타리 너머로 미소를 띄워 보냈다. 바로 그 순간 여인은 남편을 잃은 슬픔을 잊을 수 있었다. 하늘은 푸르게 개었고 바람은 머리칼을 부드럽게 스치고 지나갔다. 푸른 하늘에는 하얀 구름이 가볍게 떠가고 있었다. 잠시 정지해 버린 듯한 시간 속에서 하얀 꽃이 바람에 흔들리고 하얀 구름은 봄바람에 천천히 모양을 바꾸고 있었다.

질병에 걸린 동물 왕국

동물 왕국에 질병이 돌았다. 동물들은 계속 쓰러졌다. 이대로 가다가는 전멸할 것 같았다. 그래서 사자 왕의 지시로 모든 동물이 한자리에 모여 회의를 했다. 이번 질병은 모든 동물에게 피해를 주었으며, 사슴도 여우도 기린도 낙타도 심지어 두더지 같은 작은 동물들도 병으로 쓰러졌다고 입을 모았다. 회의 의제는 도대체 왜 이러한 일이 일어났으며, 누구 때문에 이런 가혹한 재난을 입게 되었는가 하는 것이었다.

동물의 질병은 바보 같은 인간들이 만들어 낸, 몇 십만 되는 사람들을 한 번에 죽일 수 있는, 원자폭탄이나 독가스 또는 몸을 해치는 유해물질이나 실험실에서 생겨난 정체 모를 병원균 등과는 달랐다. 그것은 자연계에 숨어 있는 병이 어떤 계기로 인해 발생하는 것이지 누가 무엇을 한 탓에 생겨

나는 것이 아니었다. 그러나 재난의 정도가 지나치면 그 원인을 특정한 자에게서 찾는 것은 인간이나 동물이나 매한가지였다.

동물들은 누군가가 나쁜 짓을 했기 때문에 화가 난 신이 벌로 병을 내린 것이라고 결론을 내렸다. 그래서 각각 자기가 과거에 한 나쁜 짓을 자백하기로 했다. 먼저 사자가 말했다.

"사실 부끄럽게도 왕이라는 내가 다리를 다친 얼룩말을 잡아먹은 적이 있다."

그러자 아첨꾼 여우가 지체 없이 말했다.

"그런 것은 나쁜 짓이 아닙니다. 왕께서는 원래 육식을 하는 분이니 사냥을 하는 것은 당연한 일이지요. 게다가 부상을 입은 그 얼룩말은 왕께서 죽이지 않았더라도 어차피 살지 못했을 것이니 결과적으로는 얼룩말을 고통으로부터 구해준 구세주라고 할 수 있습니다."

이렇게 해서 사자를 시작으로 육식 동물들이 자백을 했지만 그것이 질병을 초래할 정도의 죄는 되지 않는다고 판정했다. 드디어 초식 동물들의 순서가 되자 먼저 당나귀가 말했다.

"특별히 생각나는 것은 없지만 구태여 한 가지 든다면 며칠 전 늘 먹던 풀이 아니라 강가에 있는 나무의 새싹이 맛있어 보여 한 입 먹은 적이 있습니다. 혹시 그것이 죄가 될까요?"

그러자 여우를 비롯한 육식 동물들이 일제히 떠들어 대기 시작했다.

"그것은 큰 잘못이다. 풀을 먹고 살아야 할 당나귀가 나무의 새싹을 먹다니, 우리들 육식 동물이 초원의 풀을 먹어버리는 것과 같지 않은가. 그야말로 신이 정한 규정을 어긴 것이다. 불쌍하게도 그런 가혹한 일을 당한 강가의 나무는 얼마나 괴로워했겠는가? 우리에게 재앙이 내린 것은 그 때문일 것이다. 아니 분명히 그 때문이다."

이렇게 해서 당나귀는 육식 동물들에 의해 동물 왕국에 재앙을 초래한 자로 몰렸다. 그리고 신에게 잘못을 빈다는 거창한 이유로 사형을 당했고, 결국에는 모두에게 먹혀 버렸다.

아가씨의 신랑감

　옛날에 아주 예쁜 아가씨가 살고 있었다. 머리도 좋은데다 부잣집 딸이었기 때문에 그 소문은 다른 마을과 도시까지 퍼져 나갔다. 누가 이 아가씨를 차지하느냐 하는 것이 마을 젊은이들의 큰 관심거리였다. 그러나 아가씨는 집 밖으로 잘 나오지 않았기 때문에 아무도 그녀를 사귈 기회가 없었다.

　부잣집 딸은 외출하는 일이 그리 많지 않은데다 소문이 자자하여, 저택 주위를 어슬렁거리는 젊은이들이 많아지자 외출하는 일이 더 드물어졌다. 빠질 수 없는 행사가 있어서 가족이 모두 외출할 때에만 아가씨를 볼 수 있었다. 그 때문에 그녀는 더욱 신비의 베일에 싸였으며 소문을 듣고 멀리서 온 젊은이들도 점점 많아졌다. 문 앞에 선물을 갖다 두기도 하고, 연애편지를 집 안으로 던지기도 하고, 심지어는 밤새 사랑의 노래를 부르는 젊은이도 있었다. 더러는 아가씨를 한번 보려고 담을 기어오르기도 했으며, 정식으로 부모를 통해서 청혼을 하기도 했다. 저택 주위를 맴도는 젊은이들은 서로 강한 적개심을 드러내기도 했다.

이대로 두면 큰일 나겠다고 판단한 부모는 빨리 마땅한 상대와 결혼을 시켜야겠다고 생각했다. 그래서 정식으로 맞선을 보이기로 했다. 그러나 선을 보더라도 마음대로 상대를 고르면 무슨 사건이 생길지 몰라 부모는 딸과 교제를 원하는 사람은 언제까지 신청하라고 방을 붙였다. 그리고 신청자 전원에게 제비뽑기를 하여 그 순서에 따라 선을 보기로 했다.

신청자의 수가 많아 큰일이었지만 이렇게 해서 아가씨의 신랑감 찾기가 시작되었다. 그러나 아가씨는 원래 결혼을 생각했던 것도 아니고, 젊은이들 중 특히 누가 마음에 드는 것도 아니었다. 또 부모도 소동을 가라앉히기 위해 맞선의 기회를 주긴 했지만, 딸이 분별없이 망나니 같은 자를 선택하면 큰일이라는 생각에 선을 보는 딸 옆에서 함께 상대를 평가했다.

집안이나 재산을 묻고 조건이 나쁘면 딸에게 신호를 보내 거절하도록 했다. 이 사람은 이래서 안 되고, 저 사람은 저래서 안 되었다. 아무리 선을 보아도 이렇다 할 후보가 나오지 않았다. 거절당한 젊은이의 수가 신청자의 반을 넘었지만 그래도 신랑감을 발견하지 못했다.

처음에는 신청자가 너무 많아서 제대로 보지도 않고 마구 거절했으나 그러다 보니 나중에는 앞에서 본 젊은이가 더 나은 경우가 많았다. 젊은이의 수가 점점 줄어들자 당당하던 부모도 초조해졌다. 딸도 많은 젊은이들 가운데서 신랑감을 찾을 수 없게 되자 점점 불안해졌다.

그렇다고 해서 이제 와서 갑자기 기준을 낮추어 신랑감을 선택할 수는 없었다. 하지만 신중해질수록 더욱 더 상대를 찾을 수 없었다. 이 정도의 상대라면, 이 정도의 기량이라면, 이 정도의 재력이라면 하고 조건을 따질수록 이미 앞에서 거절한 신랑감 후보들의 조건이 더 좋았다. 그리하여 마지막 신청자와 선을 봤지만 끝내 마음에 드는 신랑감은 찾지 못했다.

동물들의 재주

동물 왕국에서 사자가 왕으로 뽑혔다. 왕은 영토에 사는 모든 동물에게 명령을 내렸다.

"모두 내 왕궁에 와서 축하하는 의미로 나를 즐겁게 할 재주를 보여라."

게으름뱅이 사자가 사냥하는 수고를 덜기 위해 이런저런 이유로 동물들을 심심풀이로 삼은 후 트집을 잡아 그중 몇 마리를 잡아 먹던 일은 과거에도 몇 번 있었다. 그래서 모두 못 들은 체하자 사자 왕은 다시 명령을 내렸다.

"내 말이 말 같지 않느냐? 빨리 축하하러 오지 않으면 너희들을 닥치는 대로 잡아먹겠다."

할 수 없이 동물들은 왕궁에 얼굴을 내밀기로 했다. 왕궁이라고 해서 훌륭한 건물이 있는 것은 아니었다. 사자가 사람

흉내를 내어 그렇게 부르는 것뿐이었다. 야트막한 언덕 위에 커다란 바위가 있고, 그곳에 사자가 사는 동굴이 있었다. 왕궁이라고 부르기에는 너무나 빈약했지만 사자가 그렇게 부르게 했다. 지난번 왕에게 누군가가 이것이 왕궁이냐고 물었다가 잡아먹혀 버린 적도 있었다. 사자 왕 앞에서 말조심을 하지 않으면 생명이 위험했다.

여하간 두 번이나 명령이 떨어졌는데도 모른 체했다가는 무슨 일이 일어날지 몰랐다. 먼저 곰이 인사도 할 겸 상황을 살펴보러 갔다. 상대가 곰이면 사자 왕이라도 갑자기 달려들지는 못할 것이기 때문이었다.

"축하합니다. 그런데 나는 재주는 없습니다. 그저 이렇게 사람처럼 두 발로 서는 정도지요."

곰이 앞발을 높이 들고 뒷발로 서 보이자 사자는 그 기세에 압도되고 말았다.

"됐다, 잘 알았다. 이제 그만 가 봐라."

곰이 무사히 돌아오자 이번에는 얼룩말이 인사를 갔다. 얼룩말이 왕궁에 가 보니 누워 있는 사자 옆에 동물의 뼈가 잔뜩 널려 있었다. 아무리 봐도 얼룩말이나 적어도 자기와 비슷한 동물의 뼈 같았다. 얼룩말은 온몸이 부들부들 떨려 인사도 제대로 할 수 없었다. 무슨 말을 하려고 해도 입이 떨어지지 않았고, 도망가려고 해도 발이 얼어붙어 움직여지지 않았다. 사자가 천천히 얼룩말에게 다가왔다.

'아! 이제 끝났다. 나도 잡아먹혀서 뼈만 남겠구나.'

얼룩말이 이렇게 생각하며 몸을 더욱 움츠린 순간 너무 긴장한 나머지 '뿅!'하고 방귀를 뀌고 말았다. 큰 방귀 소리와 지독한 냄새에 사자가 놀라서 뒤로 물러서며 말했다.

"이 무슨 지독한 재주냐? 됐다. 빨리 꺼져 버려라."

그러고는 동굴 속으로 들어가 버렸다. 얼룩말이 무사히 돌아온 것을 보고 이번에는 멧돼지가 인사를 갔다. 멧돼지는 자신이 말을 잘 못하는 것을 알고 있었기 때문에 어설픈 인사는 생략하고 한 가지 재주를 보이고 빨리 돌아가고 싶었다. 그런데 멧돼지에게는 주변에 아랑곳 않고 앞만 보고 곧장 달리는 재주밖에 없었다. 멧돼지는 사자에게 자기가 달리는 모습이라도 보여주려고 축하의 말도 하지 않은 채 갑자기 달리기 시작했다. 하지만 방향 감각이 둔한 멧돼지는 왕궁과는 반대 방향으로 달렸다. 그리고 그대로 계속 달리다가 정신이 들었을 때는 이미 집에 도착해 있었다.

멧돼지가 무사히 돌아온 것을 보고 이번에는 원숭이가 인사를 갔다. 다른 동물들과 달리 원숭이는 말도 잘하고 머리 회전도 빨랐다. 원숭이는 먼저 사자 왕의 관대함을 칭찬했다. 그리고 아주 근사한 왕궁이라고 속 보이는 아부를 한 뒤 혼자 신이 나서 물었다.

"재주라면 저는 무엇이든 할 수 있는데 무엇을 보여 드릴까요?"

"시끄럽다. 이제 재주는 아무것도 보고 싶지 않다"

그 사이 예기치 못한 일로 기분이 대단히 나빠져 있던 사자는 원숭이에게 달려들었다.

파리와 마차

승객을 많이 태운 승합마차가 목적지로 가던 도중 경사가 급한 언덕길에 접어들었다.

"이랴, 이랴!"

마부가 소리도 치고 말에게 힘껏 채찍도 내리쳐 봤지만 마차는 꼼짝도 하지 않았다. 승객들은 물론 요금을 내고 마차에 탔지만, 말이 고통스러워하는 것을 보고는 누가 먼저랄 것도 없이 모두 내려 마차를 밀기 시작했다. 하지만 비탈이 심한 탓에 마차는 조금씩밖에 언덕을 오르지 못했다. 이 광경을 보고 파리 한 마리가 생각했다.

'내가 도와주자.'

그러고는 즉시 말한테로 날아갔다. 물론 자기가 마차를 민다고 해서 큰 힘이 되지 않는다는 것쯤은 파리도 잘 알고 있었다. 그래서 말의 귓전에서 격려해 주기로 했다.

'말도 열심히 끌고 있는데 채찍질을 하다니, 야만인들이야. 말을 잘 격려하면 힘이 날 거야.'

파리는 필사적으로 버티고 있는 말에게 가서 윙윙하고 날갯짓을 했다. 땀투성이가 된 말이 조금이라도 시원하도록 바람을 보내야겠다는 마음에 훨씬 더 세게 날갯짓을 했다.

말은 한시라도 빨리 언덕을 올라가야겠다고 전력을 다하는데, 파리가 귓전에서 귀찮게 구니 견딜 수가 없었다. 귀를 쫑긋거리며 파리를 쫓으려 했지만 그럴수록 파리는 더 신나게 윙윙거렸다. 파리는 말이 자기의 성원을 기뻐한다고 오해하고는 귓속 깊이 들어가 날갯짓을 해대었다. 말이 견딜 수 없어 머리를 흔들자 파리는 말이 원기를 회복했다고 생각했다.

'내 격려가 대단한 것이구나.'

파리는 신이 나서 다른 말한테 가서 역시 윙윙하고 귓전에서 소리를 냈다. 다른 말도 역시 파리를 귀찮아하며 머리를 흔들었다. 파리는 이번에도 자기 덕택에 말이 원기를 회복했다고 생각하고 더욱더 윙윙거렸다. 점점 더 기세등등해진 파리는 맨 앞의 말한테까지 가서 세찬 날갯짓을 해댔다. 그러자 맨 앞의 말이 놀라서 히힝 거리다 그만 힘을 놓고 말았다.

그래서 마차는 그대로 언덕 아래로 미끄러져 내려갔다.

행운의 여신과 두 남자

　어느 날 행운의 여신이 한 마을을 지나가고 있었다. 이 날도 누군가에게 행운을 가져다주기 위해 돌아다니다가 길가에서 싸우고 있는 두 남자를 발견했다. 가까이 가서 몰래 들어보니 두 사람은 뜻밖에도 자기 때문에 싸우고 있었다.

　"행운의 여신은 기다리고 있으면 안 돼. 찾아가서 잡지 않으면 안 된다고."

　"쓸데없는 짓이야. 행운의 여신은 찾아오는 것이지 쫓아간다고 잡을 수 있는 것이 아니야."

　두 남자는 이렇게 주장하고 있었다.

　"생각해 봐. 우리는 매일 열심히 일하고도 겨우 먹고 살 정도가 아닌가. 그런데 이 세상에는 궁전에서 아름다운 미녀들에게 둘러싸여 매일 맛있는 음식을 먹으며 노는 사람도 있어. 그런 신분이 되려면 기다리고만 있으면 소용이 없어. 기회를 찾아서 돌아다녀야 해."

"무슨 바보 같은 소리야. 돌아다녀서 행운을 찾을 수 있다면 장바닥의 야바위꾼이나 행상인들은 금방 부자가 되었겠지. 그런데 그들은 항상 거지꼴로 여행을 계속하잖아. 행운이란 가만히 기다리고 있으면 찾아오는 법이야. 행운의 여신은 신이기도 하지만 역시 여자야. 여자는 신이든 인간이든 쫓아가면 쫓아갈수록 도망가는 법이야."

"그렇지 않아. 행운의 여신은 함부로 모습을 드러내지 않고 돌아다니니까 찾아서 잡지 않으면 안 돼. 그리고 운에는 큰 운과 작은 운이 있으니 이왕이면 큰 운을 잡아야 해. 하여간 행운의 여신은 찾아야 해. 이런 작은 마을에 나타나는 여신이라면 큰 여신은 아닐 거야."

'어럽쇼, 둘 다 제멋대로인데.'

행운의 여신은 이렇게 생각하면서 계속 보고 있었다. 바로 옆에 행운의 여신이 와 있는 것도 모른 채 두 남자는 자신의 주장이 맞는다며 더욱 심하게 말싸움을 했다.

"됐다! 너에게는 아무리 말해도 소용없겠어. 하여간에 나는 여행을 떠날 거야. 두고 봐. 2년쯤 지나면 이 마을이 떠들썩하도록 굉장한 행운을 가지고 돌아올 테니."

"멋대로 해. 어차피 헛수고로 끝날 테니까. 아무리 발버둥쳐도 백정의 자식은 왕이 될 수 없어. 죽도록 고생하다가 울면서 돌아오는 모습이 눈에 선하다. 어차피 인간의 운명은 태어날 때부터 정해져 있는 거야. 배에서 떡 떨어지듯이 저절로 굴러 들어오는 것이 아니면 진짜 행운이라고 할 수 없지. 나는 집에서 유유히 지내면서 행운이 찾아올 때를 기다리겠어."

두 사람의 말싸움은 끝이 났다. 한 남자는 여행을 떠났고 다른 남자는 집 안에 틀어박혔다.

"기껏 행운을 가지고 왔더니."

두 사람에게 무시당한 행운의 여신은 중얼거리며 옆 마을로 향했다.

행운의 여신

행운의 여신한테서 도움을 받은 한 남자가 있었다. 행운의 여신은 보통 누구에게나 행운을 가져다주지만 그것을 알고 실제로 손에 넣는 것은 그 사람의 능력이었다. 그 행운을 알아차리지 못하면 어쩔 수 없는 일이었다. 행운의 여신은 기회를 줄 뿐 그 이상은 상관하지 않았다. 그래도 정이 많은 행운의 여신은 행운을 눈에 띄기 쉬운 곳에 갖다 놓기도 했다.

그런데 이 남자의 경우는 어떻게 된 셈인지 행운의 여신이 아무리 알아보기 쉬운 장소에 행운을 가져다 놓아도 도무지 알아차리지 못했다. 행운의 여신도 바쁘기 때문에 몇 번씩이나 특정한 사람에게 행운을 갖다 주는 일은 없었다. 하지만 이 남자는 손을 뻗치면 곧 닿을 수 있는 곳에 몇 번이나 행운을 갖다 놓았는데도 번번이 놓치고 말았다. 그러고도 입만 열면 행운의 여신이 자기에게는 오지 않는다고 투덜거렸다.

"여기 와 있잖아? 행운도 이렇게 많이 갖다 놨는데."

행운의 여신은 그 남자가 들을 수 없다는 것을 알면서도 화가 나서 말했다. 참을 수 없게 된 여신은 이 남자가 사는 방식을 조금 고쳐 주기로 했다. 행운의 여신은 그 일이 자신의 영역을 넘어선다는 것을 알고 있었다. 하지만 이 남자가 무엇을 해도 잘 안되는 것은 게으르거나 바보이기 때문이 아니라, 단지 행운을 잡는 방법을 몰랐기 때문이었다. 조금만이라도 방법을 알게 하면 이 남자의 인생도 잘 풀릴 것이라고 행운의 여신은 생각했다.

행운의 여신은 주위를 잘 살피지 않고 타인의 말도 잘 듣지 않는 남자에게, 침착하게 주위에 신경을 쓰는 버릇을 주었다. 또 성질이 급해 어떤 생각이 나면 무작정 행동해 버리는 이 남자에게 잠깐 동안이라도 한 번 더 생각하는 버릇을 주었다. 또한 여신은 남한테서 들은 것을 그대로 자신이 생각한 것같이 말하는 남자에게 정말 자기도 그렇게 생각하는지 자신에게 물어보는 버릇을 주었다. 그리고 또 한 가지, 툭하면 나쁜 쪽만 보고 걱정만 하는 남자에게 모든 일 가운데 존재하는 가능성을 보고 그것에 돌입하는 용기를 주었다.

그러자 이 남자의 태도에는 그 나름의 멋이 나타났고 동시에 적극성과 침착성과 융통이 생겼다. 그렇게 되자 자연히 행운을 찾아내는 방법도 알게 되었다. 일이 잘 진행되어 조금씩 성공을 하자 남자는 과감하게 무역을 시작했다. 처음에 아시아에서 사 가지고 온 후추가 비싸게 팔리자, 남자는 그 돈으로 밀을 사서 북쪽나라에 가지고 가 비싸게 팔았다. 다시 그 돈으로 털실을 사 두었는데 마침 극심한 추위가 와서 높은 가격으로 팔렸다.

남자의 사업은 모두 성공을 거두었고 순풍에 돛 단 듯 무엇을 하든 잘되었다. 그러자 그는 모두 자기의 능력으로 성공을 이루었으며, 사업의 요령을 터득한 남자는 이제 두려울 것이 없다고 생각했다. 그리하여 크게 한탕 해서 돈을 벌려고 일을 벌였는데, 태풍으로 물건을 잔뜩 실은 배가 난파되는 바람에 전 재산을 모두 잃고 말았다.

그것을 보고 여신은 중요한 지혜를 한 가지 더 주지 않은 것을 깨달았다.

"그래, 이만하면 됐어. 이번 일로 그것을 깨달았을 테니."

족제비 새끼와 토끼 새끼

족제비 새끼가 독립해 살 때가 되자 혼자 살 집을 찾아 나섰다. 들판 끝에서 마침 자기 몸에 꼭 맞을 것 같은 구멍을 발견했다.

"여보세요!"

구멍에 대고 불러 봤으나 대답이 없었다.

"됐다. 오늘부터 이곳이 내 집이다."

몇 번이나 구멍에 드나들며 확인해 보니 입구의 크기나 깊이가 자기 몸에 꼭 맞았다. 구멍에 들어가면 따뜻했고 머리를 내밀면 넓은 들판을 바라볼 수 있었다. 기분이 좋아진 족제비 새끼가 구멍에서 머리를 내밀고 즐거워하고 있는데 저쪽에서 토끼 새끼가 오고 있었다. 족제비 새끼가 가만히 바라보는데 토끼 새끼는 계속 깡충깡충 뛰어 이쪽으로 오고 있었다. 그리고 구멍까지 와서는 이렇게 말했다.

"이곳은 내 집이야. 내가 먼저 발견하여 살고 있는 곳이야."

"갑자기 그런 말을 하면 안 되지. 여기는 내가 발견한 곳이야."

"그렇다면 네가 먼저 이 구멍을 찾았다는 증거가 있니?

"있지. 구멍 안쪽에 내가 갖다 놓은 나무뿌리가 있어."

그 말을 들은 족제비 새끼가 구멍 속을 살펴보니 분명히 나무뿌리 한 개가 있었다.

"그것 봐! 이제 알았지? 그럼 빨리 내 집에서 나와! 나는 어제부터 부모 곁을 떠나 독립된 생활을 하고 있단 말이야. 그래서 식량을 찾아 이렇게 집으로 운반하고 있는 중이야."

"나도 오늘부터 혼자 살아야 하니까 이 구멍이 꼭 필요해. 그리고 네가 이 구멍을 찾은 것도 겨우 어제잖아. 하루 차이를 가지고 큰소리를 치다니. 그렇게 중요하다면 이 집을 잠시도 비우지 말았어야지. 하여간에 지금은 내가 주인이니까 너는 딴 데를 찾아봐."

"그런 엉터리 말이 어디 있어? 하루든 한 시간이든 먼저 발견한 쪽에 권리가 있는 법이야."

이렇게 족제비 새끼와 토끼 새끼가 구멍이 서로 제 집이라

고 큰 소리로 싸우고 있는데, 마침 지나가던 고양이가 보고
는 한심하다는 얼굴로 말했다.

"이렇게 눈에 잘 띄는 장소에서 싸우다니, 누가 먼저 잡아
먹히는가 하고 다투는 것 같군."

뱀의 대가리와 꼬리

어느 날씨 좋은 오후, 산 속 길 한가운데 뱀의 대가리와 꼬리가 서로 다투고 있었다.

대가리가 꼬리에게 말했다.

"꼬리 주제에 제멋대로 움직이지 마. 넌 내가 가는 대로 따라와야 되잖아?"

이 말에 꼬리가 발끈했다.

"너야말로 때로는 내게 맞춰 줘야 하잖아. 나는 아무 말 없이 무조건 너 하는 대로만 따랐어. 오늘만은 내가 가고 싶은 데로 갈 거야. 도대체 너는 내 의견을 들어 준 적이 한 번도 없었어. 어디론가 가고 싶으면 적어도 내 의견을 물어봐야 하는 거 아냐?"

"그렇지만 너는 눈이 없잖아? 너에게 행선지를 맡기면 위험하기 짝이 없어. 내가 행선지를 정하고 너는 뒤에서 밀게 되어 있잖아? 한 마리 뱀으로 태어난 이상 할 수 없는 일이야."

"무슨 소리를 하는 거야! 우리는 땅바닥을 기면서 사는 동물이야. 중요한 것은 대지를 몸으로 느끼는 거야. 나는 눈이 없는 대신 대지를 느끼는 감각은 너보다 몇 배 예민하다고. 그런 내 감각이 너의 판단을 뒷받침하고 있다는 것을 모르니?"

이렇게 뱀의 대가리와 꼬리가 길 한가운데서 앞으로도 뒤로도 가지 않고 싸우자 참다못한 몸통이 말했다.

"적당히들 해라! 제멋에 겨워 싸우는 것은 좋지만 대가리든 꼬리든 내가 없으면 아무 일도 못 해. 내가 볼 때 대가리 너는 그저 대가리를 곧추세우고 주위를 힐끔거릴 뿐이고, 꼬리 너는 그저 질질 끌려가고만 있어. 가만히 듣자하니 대가리가 행선지를 정한다는 둥 꼬리가 판단을 뒷받침하고 있다는 둥 웃기는 이야기를 하는데, 이 몸통이 열심히 몸을 꿈틀거리지 않으면 앞으로도 뒤로도 가지 못해. 그러니 너희들은 그저 장식에 불과한 거야. 쓸데없는 말싸움이랑 그만두고 조금쯤은 내게 감사하는 마음과 미안해하는 마음을 가져야 할 거야."

이렇게 뱀 대가리와 꼬리와 몸통이 말싸움을 벌이고 있는 동안 태양은 쨍쨍 내리쪼였다. 뱀이 정신을 차렸을 때는 이미 메마른 땅바닥에서 몸이 말라 비틀어져 움직일 수 없었다.

부자와 구두 직공

큰 저택에 사는 부자가 있었다. 부자는 부모에게서 막대한 재산을 물려받아 일을 할 필요가 없었기 때문에 큰 저택에서 하인들을 부리며 무엇 하나 부족함 없이 우아한 생활을 하고 있었다.

그러나 그에게도 고민은 있었다. 낮에는 심심해서 시간을 주체하지 못하는 것과, 밤에 잠을 푹 자지 못하는 것이었다. 낮에 무엇이라도 하려고 해보았지만 특별히 해야 할 일도 없었고 무엇을 해도 곧 싫증이 났다. 맛있는 것도 매일 먹으니 지겨웠고, 너무 뚱뚱해져서 의사로부터 과식하지 말라는 주의도 받았다. 운동을 하라는 권유를 받았지만 몸을 움직이는 것이 귀찮았고 책을 읽는 것도 싫었다.

낮에 아무 일도 안 하니 당연히 졸음만 몰려오고, 그래서

낮잠을 자면 밤에 도통 잠을 자지 못했다. 밤에는 더더욱 할 일이 없어서 자야겠다고 생각하면 할수록 눈이 말똥말똥해졌다. 그렇다고 한밤중에 집 안을 왔다 갔다 할 수도 없어 괴롭기만 했다. 밤도 낮도 구별할 수 없는 날이 되풀이되자 그는 노이로제에 걸려 버렸다.

그러던 어느 날 그는 창밖으로 길 건너에 사는 구두 직공을 보게 되었다. 구두 직공은 나무망치로 작은 못을 댄 가죽을 두드리며 즐거운 듯이 노래를 불렀다. 나무망치를 두드리는 장단이 바뀌면 노래 장단도 바뀌었다. 때때로 구두를 손에 들고 바라보며 흡족한 듯 미소를 짓다가 다시 톡톡톡 가볍게 두드리기도 했다. 매일 똑같은 일을 되풀이하면서도 싫증을 내는 것 같지 않았다. 하도 즐겁게 일하는 것 같아 부자는 구두 직공을 집으로 불러 물었다.

"매일같이 그렇게 구두를 만드는데 싫증도 나지 않는가?"

"싫증날 틈이 있나요? 주문 날짜에 맞추어야 하는데요. 그리고 구두는 한 켤레 한 켤레 모두가 치수와 모양이 다르고 가죽도 다르며 색도 제각각입니다. 그러니 완성품도 조금씩 다르지요. 부끄럽지만 싫증이 날 정도로 기술이 좋지는 않습니다."

"그렇게 하루 종일 쉬지 않고 일을 하면 밤에 온몸이 쑤셔

잠을 잘 수 없을 것 같은데."

"그 반대지요. 낮에 종일 일을 하니 저녁을 먹으면 금방 자리에 누워 아침까지 세상모르고 잡니다."

그 말을 들은 부자는 구두 직공이 부러웠다.

"그럼 고민이나 불만 같은 것도 없나?"

"없을 리가 있나요? 구두를 좀 더 비싸게 팔 수는 없을까 궁리도 하고, 때로는 푹 쉬고 싶기도 해요. 자기가 잘못 신으면서 구두가 나쁘다고 타박하는 손님이 싫기도 하고, 보다 좋은 가죽을 사용했으면 하는 생각도 하지요. 오랫동안 이런 일을 하다 보면 불만이 없을 수 없지요. 저에 비하면 나리께서는 참 좋은 신분이십니다. 이렇게 좋은 저택에서 살고, 요리사가 알아서 맛있는 음식으로 가득 찬 식탁을 차려주고. 나도 이런 생활을 해보고 싶군요."

이 말을 들은 부자는 말했다.

"좋은 생각이다. 그러면 오늘부터 바꿔서 살아보자."

이렇게 해서 부자는 구두 직공을, 구두 직공은 부자 생활을 체험하기로 했다. 그러나 두 사람 모두 3일이 못 되어 똑같이 손을 들어 버렸다. 부자는 구두 직공의 흉내를 내 봤지만 손가락이 망치에 맞고 바늘에 찔렸으며, 게다가 손님들한테 구두가 형편없다고 야단만 맞다보니 참을 수가 없었다. 한편

구두 직공은 종일 할 일이 없어 낮잠만 자다 보니 밤에는 잠
을 잘 못 잤으며 과식을 하여 몸이 둔해졌다.

그리하여 결국 두 사람은 원래의 신분인 부자와 구두 직공
으로 되돌아갔다.

약속을 깬 늑대와 여우

동물 왕국의 왕인 사자가 병으로 쓰러졌다. 사자는 충성심을 시험해 보려고 동물들에게 문병을 오라고 명령했다. 사자는 툭하면 소집을 하는 것을 동물들 모두가 싫어하는 것을 알고 있었다. 그래도 때때로 그렇게라도 권위를 과시하지 않으면 불안했다.

동물들은 모여서 사자의 병에 관해서 의논했다. 의제는 사자의 병이 곧 낫는 병인가 죽을 병인가 하는 것이었다. 만일 일시적인 병이라면 즉시 문병을 가야 했고 치명적인 병이라면 구태여 갈 필요가 없었다. 또 만일 나이 탓이라면 사자가 죽기 전에 얼굴이라도 내밀어 보는 것이 예의상 맞는 일이었다. 동물들이 이렇게 생각하는 걸 보면 평상시에 사자가 존경을 받았는지 미움을 받았는지 쉽게 알 수 있었다.

그래서 사자 왕도 무슨 일이 생기면 전부 모이게 하여 언행을 점검하지 않을 수 없었다. 사자는 이번 병이 아무래도 나이 탓만은 아닌 것 같았다. 어쩐지 회복이 어렵다고 느껴지자 더욱 더 불안해져 즉시 문병을 오도록 소집 명령을 내렸다. 앞날이 얼마 남지 않았다면 혼자 조용히 죽음을 기다리면 될 것을, 권력을 휘두르는 것이 몸에 배인 사자는 죽어가면서도 동물들이 자기를 떠받들기를 바랐다.

그런데 언제나 소집하면 곧 달려가던 동물들이 이번에는 아무도 가지 않았다. 의논 결과 아무래도 사자가 기력을 회복하지 못할 것이라는 결론이 났던 것이다. 그리고 만의 하나, 기적적으로 사자가 회복한 경우를 대비해서 모두가 소집을 무시하기로 한 것이었다.

이런 결정을 했는데도 불구하고 늑대와 여우가 약속을 깨고 사자에게 문병을 갔다. 그들은 만일 사자가 회복하는 경우를 염려했던 것이다. 그러나 늑대와 여우는 아무도 오지 않아 잔뜩 화가 나 있는 사자의 마지막 밥이 되어 버렸다.

심부름하는 개

주인이 개에게 심부름을 시켰다. 바구니를 입에 물고 푸줏간에 가서 메모에 적혀 있는 고기를 받아 바구니에 넣어 가지고 돌아오는 것이었다.

지금까지 주인과 함께 몇 번 연습을 했지만 혼자서 심부름을 하는 것은 처음이었다. 연습할 때 시키는 대로 잘하면 주인이 칭찬을 하면서, 고기 중에서 맛있는 부분을 골라 한 조각 주기도 했다. 이렇게 개는 심부름하는 법을 터득했고, 드디어 혼자 심부름을 하게 되었다.

개는 연습할 때와 마찬가지로 바구니를 물고 푸줏간에 가서 바구니 속에 넣어준 고기를 갖고 집으로 돌아오는데, 어디서부터인지 낯선 개들이 많이 따라오고 있었다. 주인과 연습을 할 때는 그런 일이 한 번도 없었다. 도대체 이 마을 어디에 이렇게 많은 개가 있었나 싶을 정도로 뒤따라오는 개는 점점 늘어만 갔다. 처음에는 그저 심부름을 할 줄 아는 자신에게 감탄해서 따라오는 것이려니 생각했지만 한참 가다 보니 아무래도 그렇지 않은 것 같았다.

"어이! 조금만 나눠 주지 그래!"

바로 뒤에서 낯선 개의 목소리가 들렸다. 그리고 그것을 신호로 뒤따라오는 개들이 일제히 떠들어 대기 시작했다.

"그러지 말고 고기를 빼앗아 버리자."

"너 혼자 차지하려고? 어림없는 소리!"

"누가 제일 힘이 센지 겨루어 보자. 가장 강한 자가 고기를 몽땅 갖는 거야."

"욕심을 내지 말고 공평하게 나누어 갖자!"

"무슨 소리야! 약육강식이 이 세상의 이치다."

"그러면 모두 다치게 돼! 온건하게 해결하자."

개들은 저마다 고기를 자기 것으로 생각하고 있는 것 같았다. 심부름하는 개가 슬쩍 뒤돌아보니 뒤따라오는 개들이 눈을 이글거리며 금방이라도 달려들 것 같았다. 개는 즉시 바구니를 버리고 도망가 버리고 싶었지만 순간 화난 주인의 얼굴이 뇌리를 스쳤다. 개는 계속 망설였다. 연습과 실제가 너무나 다른 데 어떻게 해야 할지 전혀 알 수가 없었다.

재담꾼과 생선

재담꾼이 어느 연회에 불려 갔다. 그 연회는 상당히 큰 규모였고, 재담꾼은 연회의 분위기를 살리면서 재미있는 말로 손님들을 즐겁게 하다가 결정적인 순간에 손님들이 주인에게 꽃다발을 보내도록 하는 역할을 맡고 있었다. 재담꾼은 그런 역할만 잘 수행하면 그에 상응하는 보답이 있을 것으로 기대하고 나름대로 여러 가지 준비를 하고 갔다.

그런데 막상 연회장에 도착하여 준비된 좌석을 보고는 실망하지 않을 수 없었다. 참석한 사람은 모두 높은 신분이었고 음식도 사치스러운 것들이었는데, 자신의 자리에는 준비된 것이 거의 없었던 것이다. 자세히 보니 접시에 작은 생선이 한 마리 놓여 있을 뿐이었다.

설마 하고 다른 자리를 보니 사회적인 지위나 재력에 따라서 접시 위 생선의 크기가 달랐다. 정말 치사한 인간이라고 생각하며 주인의 자리를 보니 제일 큰 생선이 가장 좋은 접시에 놓여 있는 것이 아닌가.

'오늘은 틀렸구나. 이런 데서 얼마나 수고비를 주겠어?'

재담꾼은 이렇게 생각했지만 일단 불려 온 자리에서 아무것도 안 하고 돌아갈 수는 없었다. 적당히 보내다가 기회를 봐서 가 버리자고 마음먹고 있었다.

"이봐! 뭐하고 있어? 무슨 이야기든 해서 우리들을 웃겨야 할 것 아냐?"

주인의 목소리가 들렸다. 마치 하인을 다루는 듯한 어투였다. 순간 욱하는 마음이 들었지만 역시 닳고 닳은 재담꾼이었다. 내색을 전혀 하지 않고 임기응변으로 분위기를 이끌어 가면서 그 자리를 모면했다. 잠시 후 모두가 건배를 하고 식사를 하는데 주인이 또 한 마디 했다.

"이봐! 멍청히 앉아 있지만 말고 재미있는 춤이라도 한번 춰 봐."

이렇게 천박하게 잘난 척하는 자는 처음이었다. 재담꾼은 일단 춤을 췄지만 춤을 추면서도 화가 나서 견딜 수가 없었다. 제자리에 앉은 그는 자기 접시에 놓인 작은 생선에 귀를 갖다댔다. 주위 사람들이 그의 행동을 이상하게 여겼지만 그는 모른 체했다. 그러고는 그대로 생선에 귀를 대고 있었다. 그때 또 다시 술에 취한 주인의 목소리가 들렸다.

"이봐! 이번에는 노래를 불러 봐. 우리 집안과 나의 미래를 찬양하는 노래 말이야."

그러나 재담꾼은 그 말을 무시하고 여전히 작은 생선에 귀를 댄 채 이렇게 말했다.

"조용히 해주세요. 이 생선의 이야기를 듣고 있는 중이니까. 꼭 할 말이 있다고 하네요."

이 말을 들은 주인은 어이가 없었다.

"그래, 도대체 무슨 이야기를 하고 있는데?"

"이 생선이 '나는 아직 작아서 지식도 많지 않지만 이렇게 붙잡혀 바다 밖의 세상에 와 보니 바다 속과 바다 밖은 너무나 다른 것 같다. 역시 좁은 세계만 봐서는 이 세상을 알 수 없다는 것을 절실히 느꼈다. 내가 먹혀 버리는 것은 유감스럽지만 이 세상을 작별하기 전에 이렇게나마 바다 밖의 세계를 보게 된 것은 정말 다행이다. 이제 미련은 없다'고 만족한 듯이 말합니다. 무엇에 그렇게 감탄했냐고 물으니 '바다 속은 그야말로 약육강식이 엄격한 세계로서 작은 고기는 큰 고기에게, 큰 고기는 또 더 큰 고기에게 잡아먹힌다. 그런데 이렇게 바다 밖에 나와 먹히면서 알게 된 것은, 인간 세계는 바다 속과는 반대로 제일 힘이 있는 자가 제일 작은 고기를 먹고 아무것도 할 줄 모르는 자가 제일 큰 고기를 먹는 것 같다. 아까부터 보고 있자니 나를 먹으려는 당신은 여러 사람들을 웃기거나 즐겁게 하고 있어 대단한 사람 같았다. 그런데 저기 제일 큰 생선을 먹으려는 사람은 자기는 아무것도 할 수 없는지 당신에게 계속 무엇인가를 부탁만 하고 있다. 지상에서는 바다 속과는 반대로 힘 있는 자가 힘없는 자를 위해 무엇이든 해주는 것 같다. 정말 대단하다. 이 세상에 이런 세계가 있다는 것을 안 것만 해도 태어난 보람이 있다. 이제 미련 없이 저 세상으로 갈 수 있겠다. 그럼 안녕히!'하고 이야기하는군요."

재담꾼은 이렇게 말하고는 지체 없이 그 자리를 떠났다.

사자 왕비의 장례식

동물 왕국의 사자 왕비가 죽었다. 그러자 사자 왕은 즉시 영토에 사는 동물들을 소집했다. 소집 목적은 물론 왕비의 장례식에 있었지만, 사자 왕은 전례에 따라 자신의 권력을 과시하고 동시에 여러 동물의 감정을 확인하고자 했다.

동물들은 싫은 기색을 숨기고 한 마리 한 마리 사자 왕이 있는 곳으로 모였다. 제일 먼저 달려온 동물은 역시 원숭이로서 왕비의 유해를 보자마자 보란 듯이 눈물을 흐리며 대성통곡을 했다. 자기의 연기에 감동하여 사자 왕이 눈시울을 적시는 것을 곁눈으로 확인하고선 위로의 말을 그럴듯하게 늘어놓으면서, 슬퍼서 더 이상 이 자리에 있을 수 없다며 얼른 자기 집으로 돌아가 버렸다.

다음에 온 동물은 약아빠진 여우였다. 여우는 아주 숙연한 표정을 짓고는 꼬리를 힘없이 내렸다. 그러고는 너무나 슬퍼서 말도 할 수 없다는 듯이 한숨을 쉬고 곧바로 나와서는 신나게 꼬리를 흔들면서 집으로 돌아갔다. 이렇게 동물들은 각각 마음에도 없는 문상을 하고 서둘러 돌아갔다. 동물들이 돌아가 버리는 것을 보고 사자 왕이 갑자기 소리쳤다.

"어째서 전부 즉시 돌아가 버리지? 왜 마지막까지 이 자리에 남아 있지 않는가? 지금부터 돌아가는 놈은 처벌할 테니 그리 알아라!"

그래서 남은 동물들은 사자 왕 앞에서 형식적으로 우는 척을 하며 그 자리에 남아 있었다. 이렇게 동물들의 문상이 모두 끝나 가는데 마지막으로 사슴의 차례가 되었다. 사슴은 문상할 마음이 생기지 않아 줄 마지막에 서 있다가 떠밀리듯이 사자 왕 앞으로 나왔다. 그러나 아무 소리도 않고 서 있기만 했다.

"빨리 무슨 말이든 해."

주위에서 걱정이 되어 재촉을 해도 전신을 떨며 입을 꼭 다문 채 서 있었다. 화가 난 사자 왕이 드디어 소리쳤다.

"너는 왕비의 죽음이 슬프지 않은가?"

형식적으로라도 다른 동물처럼 눈물을 흘리는 척하거나 입에 발린 애도의 말이라도 한 마디 했으면 좋으련만 사슴은 가만히 있기만 했다. 사자 왕의 표정이 사나워질 때 돌연 가늘지만 늠름한 사슴의 목소리가 들렸다.

"어떻게 내가 눈물을 흘릴 수 있겠는가? 어떻게 슬프다고 말할 수 있겠는가? 당신이 내 자식들을 죽였는데 어떻게 그 앞에서 조문할 생각이 나겠는가? 원한의 말이라면 얼마든지 할 수 있다. 이곳에 있는 모두가 다 같은 심정일 것이다. 당신은 우리의 자식들을 죽이고 남편을 죽이고 또 아내를 죽이고 부모를 죽였다. 약한 자에게도 감정이 있고 슬픔이 있다. 우리는 당신의 밥이 되기 위해 있는 것이 아니다. 이 왕국의 평화를 지키고 있는 것이 누구냐고 말하겠지만 우리의 평화를 깨고 있는 자는 당신이 아닌가? 이 넓은 대초원 어디에 당신보다 위험한 동물이 있는가? 나는 이제 두 번 다시 이런 소집에는 응하지 않을 것이다. 소집에 응하든 응하지 않든 당신은 습격하고 나는 도망가야 하는 관계가 바뀌지 않을 테니까."

몸을 떨면서 결연히 말한 사슴은 그대로 달려가 버렸다. 그리고 사슴의 말을 들은 다른 동물들도 망연자실한 사자 왕을 놓아두고 그 자리를 떠나 버렸다.

도시 쥐와 시골 쥐

도시에 사는 쥐가 시골 쥐네 집에 놀러 가서 초라한 식사를 하고 돌아왔다. 얼마 후 도시 쥐는 평소에 자기네가 먹는 음식을 자랑하고 싶어서 시골 쥐를 초대했다.

시골 쥐가 도시 쥐의 집을 찾아왔다. 그 집에는 식탁이 있었고, 그 위에는 한 번도 본 적 없는 호화로운 식탁보가 깔려 있었다. 식기도 무척이나 호사스러운 것이었다. 세상에 이렇게 멋진 생활을 하는 쥐가 있다니, 시골 쥐는 너무도 놀랐다.

그때 어디선가 인기척이 났다. 겁을 먹은 도시 쥐는 갑자기 안색이 변하여 쏜살같이 구멍으로 도망을 쳤다. 영문도 모른 채 시골 쥐도 엉겁결에 뒤를 따라 갔다. 잠시 후 인기척이 사라지자, 구멍에서 나온 도시 쥐가 태연한 얼굴로 시골 쥐에게 말했다.

"자! 이제 만찬을 시작하자."

그러자 시골 쥐가 이렇게 말했다.

"농담하지 마! 식사는 천천히 즐기면서 하는 거야. 이렇게 불안에 떨면서 무슨 만찬을 든단 말이야? 음식이 목구멍으로 넘어가야 식사를 하지."

시골 쥐는 음식에 손도 대지 않고 평화롭고 조용한 자기 집으로 돌아가 버렸다.

당나귀와 개

당나귀와 개가 농부에게 이끌려 집을 나섰다. 당나귀는 물론 짐을 운반하기 위해서였고, 개는 농부의 안전을 위해서였다. 집을 나선 지 한나절이 되어 점심때가 되었다. 농부는 집에서 가지고 온 도시락을 먹고는 아침 일찍부터 걸어온 탓에 피곤했는지 당나귀와 개에게 먹이도 주지 않고 근처에 있는 나무 그늘에서 잠이 들어 버렸다.

다행히 그 주위에 풀이 많이 깔려 있어서 당나귀는 먹이를 먹을 수 있었다. 항상 농부에게 얻어먹던 맛없는 건초보다 몇 배나 맛있는 풀이 근처에 널려 있었던 것이다. 당나귀는 신이 나서 풀을 먹기 시작했다. 그러나 곤란한 것은 개였다. 그렇지 않아도 배가 고픈데 당나귀가 맛있게 풀을 먹고 있는 모양을 보니 더욱더 배가 고파 죽을 지경이었다.

주위를 한 바퀴 돌면서 오소리나 토끼새끼라도 잡을까 하다가 주인의 안전을 지켜 주는 것이 개의 임무인지라 잠든 농부와 짐을 놓아두고 마음대로 돌아다닐 수가 없었다. 개는 자기의 먹이가 당나귀의 등에 실려 있는 자루 속에 있다는 것을 알고도 한참 동안 꾹 참고 있었다. 그러나 도저히 참을 수 없게 되자 잠자고 있는 농부를 깨우기로 했다.

그런데 개가 농부를 깨우려고 하자 당나귀가 필사적으로 말렸다.

"모처럼 깊이 잠든 주인을 깨우면 안 되지. 주인을 모시는 자로서의 예의가 아니야."

당나귀는 주인을 위하는 척 말했지만 사실은 맛있는 풀을 계속 배불리 먹는 데 방해받기 싫어서였다. 당나귀는 배가 고픈 개는 생각지도 않고 혼자서만 신나게 풀을 뜯어 먹었다.

그러나 당나귀는 먹는 것에 정신이 팔려 뒤에서 굶주린 늑대가 다가오는 것을 알아채지 못했다. 몰래 접근한 늑대는 당나귀의 엉덩이를 덥석 물었다. 당나귀는 다급하게 개에게 도움을 청했지만 개는 모르는 척하였다.

"주무시는 주인님을 깨우면 안 되지."

당나귀가 아프다고 소리치면서 눈물을 흘리고 사과를 했다.

"그래, 내 눈 앞에서 당나귀가 먹혀 버리면 체면이 안 서지."

그제야 개는 늑대를 쫓아버렸다.

아이와 선생님

　어느 날 한 아이가 강가에서 놀다가 강물에 빠지고 말았다. 물의 양이 많고 흐름도 빨라서 그대로 물에 빠져 죽을 형편이었다. 그런데 다행히도 강가에서 뻗어져 나온 나뭇가지를 붙잡을 수 있었다. 아이는 필사적으로 나뭇가지를 붙잡고 소리를 질렀다.

　"사람 살려요! 살려 주세요!"

　마침 그곳을 지나던 학교 선생님이 이 소리를 들었다. 달려온 선생님은 아이를 구하려고는 하지 않고 심각한 표정을 지은 채 설교조로 말했다.

　"이 장난꾸러기야! 이번 기회에 정신 좀 차려라. 장난을 치면 어떻게 되는지 이제 알겠니?"

　선생님은 여전히 구해 줄 생각은 않고 주위를 한 바퀴 둘러

보았다. 그러고는 마치 아이 부모가 그 자리에 있는 것처럼 거만한 얼굴로 부모를 향해 훈계를 하기 시작했다.

"부모는 절대로 어린 자식에게서 눈을 떼면 안 됩니다. 자식을 둔 부모의 의무랍니다."

아이는 빨리 구해 주기를 바라며 나뭇가지를 가까스로 붙잡고 있었다. 그러나 선생님은 얼굴이 파래진 아이를 놓아두고 하늘을 보면서 말했다.

"저 악동에게는 자업자득이라고 할 수 있지만 그래도 생명은 귀중한 것이고, 또 살아 있어야 잘못을 뉘우칠 수 있거든. 박애란 널리 사랑하는 마음이며 교육자란 가르치고 키우며 박애를 실천하는 사람이니 이익이나 보답을 바라지 않고 내 한 몸을 바쳐야 하는 법이지."

이렇게 말한 선생님은 그제서야 아이에게 손을 내밀었다.

그러나 그때 이미 아이는 혼자 힘으로 물에서 나와 잔뜩 마신 물을 토해 내고 있었다.

나무꾼과 죽음의 신

옛날에 가난한 나무꾼이 있었다. 산에 가서 하루 종일 나무를 해서 산더미같이 높게 쌓아 등에 지고, 집으로 돌아와서는 장작을 만들어 시장에 내다 파는 것이 이 나무꾼의 하루 일과였다. 일은 힘들고 수입은 적었다. 겨우 식구들의 끼니를 해결할 수 있을 정도였다. 일이 힘들어 조금만 쉬어도 곧바로 생계에 지장이 생겼다. 어느 날 문득 그는 자신의 인생에 대해 생각했다.

'사는 게 왜 이 모양이지? 좋은 일 하나 없이 이렇게 매일 힘든 일만 하며 늙어가야 하다니. 이제 곧 추운 겨울이 올 텐데, 앞으로 언제까지 이렇게 살아야 하나.'

나무꾼은 갑자기 슬퍼져서 자신도 모르게 중얼거렸다.

"죽음의 신이시여, 당신이 정말 있다면 나를 이 괴로움에

서 구해 주시오."

그러자 죽음의 신이 곧바로 나타나 나무꾼의 생명을 빼앗아가 버렸다.

숨을 거두는 순간 나무꾼은 일을 끝내고 집으로 돌아가 따뜻한 난로에 언 몸을 녹이며 가족과 함께 마시던 따끈한 수프의 향기를 그리워했다. 그러나 그것은 아주 짧은 순간이었다.

현명한 사람과 돈 많은 사람

한 부자가 거만한 태도로 현인(賢人)에게 말했다.

"나와 당신 중 누가 위대하다고 생각합니까?"

현인은 이런 인간에게는 무슨 말을 해도 쓸데없는 짓이라고 생각하고 이렇게 대답했다.

"당신이라고 말하는 사람이 많을 것입니다."

그러나 부자는 그 말에 물러서지 않고 다그쳤다.

"당신이 어떻게 생각하는가를 묻는 것입니다."

상대를 하면 할수록 성가시게 될 것으로 생각하고 현인은 잠자코 있었다. 그러자 부자는 더욱 언성을 높이면서 따지고 들었다.

"사람이 이렇게 묻고 있는데 잠자코 있는 것은 무슨 까닭입니까? 이런 것도 대답할 수 없으면서 현인이라니, 웃기는 일이네요. 어떠한 질문에도 대답할 수 있는 자야말로 진정한 현인이 아닙니까? 당신이 현인이라는 말은 거짓말입니까?"

아무래도 그냥 지나칠 수 없다고 판단한 현인은 적당한 말로 이 자리를 피하고 싶었다.

"나 자신을 현인이라고 말한 적도 없고 남보다 위대하다고 생각한 적도 없습니다. 그러므로 스스로 위대하다고 생각하는 당신이 위대한 것입니다."

그러나 부자는 그런 적당한 말에 넘어가지 않겠다는 듯이 이렇게 말했다.

"언제 내가 나를 위대하다고 생각한다고 했습니까? 나는 당신의 생각을 묻는 것입니다."

"당신은 위대하다는 것이 무엇이라고 생각합니까?"

현인이 할 수 없어서 물어보자 부자는 기다렸다는 듯이 말했다.

"얼마나 많은 사람을 먹여 살리고 있는가 하는 것입니다. 내 집에는 집사와 가정부와 정원사, 요리사와 그 가족, 그 밖의 일을 하는 여러 사람들을 합하면 대략 35명이 일하고 있습니다. 또 나는 농원을 7개나 가지고 있는데, 일하는 사람의 수를 자세히 세어 본 적은 없지만 아이와 노인을 합해서 아마 200명 정도는 될 것입니다. 또 방직공장과 점포 여러 개를 가지고 있으니, 종업원이나 가족들 그리고 여러모로 관계된 자들의 수를 합하면 헤아릴 수 없을 정도로 많습니다. 게다가 나는 돈에 집착하는 부자는 아니기 때문에 무엇에든 인색하게 굴지 않습니다. 가구나 마차나 살림살이들도 전부 최고급품을 사용하고 있는데, 그런 물건은 누구나 살 수 있는 것은 아니죠. 내 집에 있는 가구를 반년이나 걸려 만든 목공도 있을 정도니까요. 그들은 그것을 팔아서 생활하므로 내가 주문을 해서 사지 않으면 먹고 살 수 없을 것입니다. 내가 직접 고용한 사람 외에 그러한 사람들까지 합치면 엄청나게 많은 사람들이 내 덕택에 살아가고 있는 것입니다. 그것에 비해서 당신은 어떻습니까? 특별히 하는 일도 없고 또 가족도 없이 혼자 살고 있지 않습니까? 그런데도 이 마을 사람들은 입만 열면 당신을 위대한 사람이라고 말합니다. 우리 집에서 일하는 사람들한테서도 그런 말을 몇 번이나 들었습니다. 그 까닭을 모르겠습니다. 이 세상에서 제일 중요한 것은 사람의 생명입니다. 그러니 많은 사람을 부양할 수 있는 사람이 위대하다고 생각합니다. 만일 나와 당신을 비교한다면 내가 훨씬 위대할 것입니다. 그렇게 생각하지 않습니까?"

부자는 현인의 얼굴을 빤히 들여다보면서 이렇게 말하고는 대답을 기다렸다. 부자의 이야기를 다 듣고서야 현인은

이 부자가 단순히 자기 자랑을 하기 위해서 찾아온 게 아니라 자신과 이야기를 하기 위해 일부러 찾아왔다는 것을 알게 되었다. 그것도 모르고 간단히 다루어 쫓아 버리려고 한 자신의 행동을 후회하면서 현인은 이렇게 말했다.

"그런 어려운 질문을 받기는 처음입니다. 그러나 미리 말해 두는 것은 어떠한 질문이든 꼭 정해진 답이 있는 것은 아니라는 점입니다. 더군다나 내가 그런 답을 주는 재주를 가지고 있을 리도 없고요. 내가 할 수 있는 것은 그때마다 내 나름대로의 답을 상대에게 이야기해 주는 것뿐입니다. 물론 그것이 꼭 맞는 답이라고는 할 수 없죠. 사람이 살고 있는 한 시간은 흐르고 주위 환경도 변하기 때문입니다. 오늘은 확실했으나 내일은 확실하지 않을지도 모릅니다. 오늘과 내일은 다른 날이기 때문입니다. 시간이 흐르면 나와 당신도 오늘과 같은 나와 당신은 아닐 것입니다. 모든 것은 옮겨가고 모든 것은 달라집니다. 시간도 사람도 그 관계도. 이것이 세상 이치입니다. 그중에서도 조금이라도 확실하다고 생각되는 현재를 사는 것이 나의 바람입니다. 그러니 내가 답하는 것은 보다 확실한 무엇과 연결되기 위한 하나의 단서라고 생각해 주십시오. 자! 여기서 당신의 질문에 대한 내 생각을 말하겠습니다. 당신이 말했듯이 이 세상에서 가장 중요한 것은 생명입니다. 나도 그렇게 생각합니다. 따라서 많은 생명을 부양하고 있는 당신은 대단히 위대한 사람입니다. 그러나 나는 몇 가지 의문이 있습니다. 예를 들면 당신은 당신이 부양하고 있다고 하는 그 많은 사람들 없이도 살아갈 수 있으며 또 행복할 수 있습니까? 많은 사람을 부양하고 있다고 하는 그 자부심이 당신에게 사는 보람과 기쁨을 주고 있다면 당신의 생명도 그 사람들에 의해 부양되고 있다고 할 수 있지 않겠습니까? 그리고 당신 생활의 기쁨도 그 사람들 덕택이라고 할 수 있지 않겠습니까? 사람은 정말 불가사의한 동물입니다. 그저 먹고 살아 있다는 것만으로는 삶의 보람을 느끼지 못합니다. 예를 들면 나비들은 팔랑팔랑 날고 있는 것만으로도, 꽃에 앉아 있는 것만으로도 활기차 보입니다. 그러나 사람은 기쁨이 없으면 활기차게 살아갈 수 없습니다. 당신이 부양하고 있다는 그 사람들이 만일 기쁨을 느끼고 있다면 그보다 더 좋은 일은 없습니다. 그러나 그 일로 당신의 생명도 기쁨을 느낀다면 어느 편이 위대하다고 단언할 수는 없습니다. 그리고 내가 위대한가 아닌가 하는 것은 내가 생명의 기쁨을 느끼게 하는 장면을 만들어 낼 수 있는가 없는가에 달려 있다고 생각합니다. 나는 마을 사람들과 이야기하면서 이따금 그들에 의해 생각지 못한 것을 알게 됐을 때 상당히 기쁜 마음이 듭니다. 이럴 때 위대하다는 말을 사용해도 된다면 나는 그 사람들을 위대하다고 생각합니다. 뿐만 아니라 열심히 하천을 거슬러 올라가는 물고기를 보고도, 멋지게 하늘 높이 날아오르는 새를 보고도 가슴이 뛸 때가 있습니다. 맑고 아름다운 하늘을 보며 새로운 기쁨을 느끼고 마음이 부풀어 오를 때도 있습니다. 즉 나의 생명은 사람이나 사람의 말에 의해서만이 아니고 물고기나 새나 꽃이나 경치나 그 밖의 여러 가지 것에서, 여러 시간에 여러 가지 형태로 기쁨을 얻습니다. 그래서 나는 그것들을 전부 위대하다고 말하고 싶습니다. 그것들은 내 생명을 풍요롭게 하기 위해, 내가 좀 더 나은 사람이 되기 위해 필요한 것이라고 생각합니다. 어쩌면 사람은 어떤 것을 위대하구나, 아름답구나, 훌륭하구나, 라고 생각함으로써 자신을 높여 가는 것을 기쁨으로 삼는 불가사의한 동물인지도 모르겠습니다. 그래서 사람과 사람과의 관계에서도 누가 항상 누구보다 위대하다는 것은 있을 수 없습니다. 나는 지금 이러한 것에 대해서 생각할 수 있는 계기를 만들어 준 당신을 위대하다고 생각합니다. 그리고 어느 때는 당신이, 그리고 어느 때는 하늘을 나는 새가, 그리고 어느 때는 내가 누군가에게 기쁨을 줄지도 모른다고 생각합니다. 그렇게 생각할 때 생명은 기쁨을 느끼며 계속 살아가게 만드는 마음의 식량이 되는 게 아닐까요?"

현인이 모르는 길을 가듯 천천히 이야기를 끝냈을 때, 부자는 마음먹고 이 사람한테 찾아와서 이야기하기를 잘했다고 생각했다. 어느덧 태양은 지고 붉게 물든 하늘에는 달이 서서히 떠오르고 있었다.

문학 박사님과 함께하는

라퐁텐 우화

👓 **김욱동** 박사님

한국외국어대학교 영문과와 같은 과 대학원을 졸업하고 미국 미시시피대학교에서 영문학 석사 학위를, 뉴욕주립대학교에서 영문학 박사 학위를 받았어요. 미국 하버드대학교와 듀크대학교, 노스캐롤라이나대학교의 교환교수와 서강대학교 영문학과 교수를 거쳐 지금은 한국외국어대학교 교수님이세요.

쓴 책으로는《지구촌 시대의 문학》,《문학을 위한 변명》,《문학이란 무엇인가》들이 있고, 옮긴 책으로는《앵무새 죽이기》,《위대한 개츠비》,《호밀밭의 파수꾼》,《허클베리 핀의 모험》들이 있답니다.

문학 박사님과 함께
《라퐁텐 우화》읽기

소개 **프랑스 시인 라퐁텐의 우화집**

전해 내려오는 동물 우화를 아름다운 시로 다시 쓴 작품이다. 라퐁텐의 우화 속에는 이기심 같은 사람이 가진 나쁜 버릇을 꼬집거나 그릇된 세상 이야기를 풍자하는 내용이 많다.

배경 우리가 사용하는 말에도 길이 있다. 그것을 한자로는 '언로(言路)'라고 부르고, 순수한 토박이말로는 '말길'이라고 부른다. 말길은 신하들이 임금님에게 말을 올릴 수 있는 방법을 말한다. 고려시대와 조선시대 유학자들은 말길을 흔히 시냇물에 빗대곤 하였다. 자연스럽게 흐르는 물이 막히면 다른 곳을 새어나가듯이 말도 억지로 막으면 다른 방식으로 변하기 때문이다.

이러한 사정은 서양에서도 크게 다르지 않아서 17세기 프랑스의 절대 군주 루이 14세는 말길을 엄하게 막았다. 그는 다섯 살이 채 되기도 전에 왕위에 올라 1715년에 세상을 떠날 때까지 무려 80년 가깝게 임금 노릇을 하였으니 백성을 다스리는 습관이 몸에 밸 대로 배었을 것이다. '태양왕'이라는 별명이 붙은 루이 14세는 유럽의 군주 중에서 가장 오랫동안 왕이었다는 신기록을 세웠다.

17세기 프랑스의 대표적인 우화 작가이자 시인인 장 드 라퐁텐(1621~1695)이 글을 썼던 때가 바로 루이 14세가 나라를 다스리던 시대였다. 그가《우화집》(1668~1695)을 쓴 것은 이러한 시대 상황과 맞물려 있다. 그는 왕과 귀족 앞에서 시를 읊는 사람이었다. 사자처럼 무서운 루이 14세의 왕궁과 원숭이 같은 관리들 속에서 그가 살아남는 방식은 다름 아닌 동물의 행동에 빗대어 세태를 풍자하는 것이었다. 이렇듯 라퐁텐은 자신이 살고 있던 현실 세계를 동물에 빗대어 돌려 말할 수밖에 없었다. 지금은 주로 어린이들이 이 책을 읽고 있지만 라퐁텐은 본디 어른들을 마음에 두고 글을 썼다.

주제 라퐁텐의《우화집》은 시대와 공간을 뛰어넘어 인간의 약점을 꼬집어 좀 더 유익한 삶의 지혜를 가르쳐 준다. 짤막하고 재미있는 이야기로 사실보다 더욱 설득력 있는 진실을 알려 주고, 우화를 웃고 즐기는 사이에 어느덧 우리 마음속에 자연스럽게 미덕의 씨앗이 뿌려져 자라게 만든다. 이 책을 읽는 어린이들은 자신의 마음을 겸손하게 들여다볼 수 있고, 사람의 약점을 바라보며 빙그레 웃을 수 있다.

장 드 라퐁텐의 《우화집》은 《이솝 우화》를 비롯한 그 전에 나온 우화들과 견주어 볼 때 인간의 약점을 비판하고 세태를 꼬집는 강도가 훨씬 강하다. 라퐁텐의 《우화집》은 어린이들은 생생하고 재미있는 이야기에서 즐거움을 느끼게 해 주고, 젊은 문학도들은 이야기를 멋지게 말하는 라퐁텐의 솜씨에 반하게 한다. 그런가 하면 어른들은 새삼 삶의 지혜와 교훈을 배우게 될 것이다.

작가 장 드 라퐁텐은 1621년 프랑스 샹파뉴의 샤토티에리에서 태어났다. 유복한 가정에서 아름다운 자연과 함께 자란 그는 자연과 자유를 사랑하였다. 1641년 오라토리오회(會) 신학교에 입학했지만 적성에 맞지 않아 이듬해 그만두고 법률을 공부하여 변호사가 되었다. 이때 모크루아와 퓌르티에르 같은 작가들과 벗하면서 문학에 관심을 기울였다. 주로 파리에서 살면서 궁정을 드나든 그는 서른 살 때부터 고전을 번역하면서 시, 극, 우화 등을 쓰기 시작하였다. 대표작으로는 12권으로 된 《우화집》을 비롯하여 《프시케와 큐피드의 사랑 이야기》, 《콩트와 누벨》, 《필레몽과 보시스》, 《미네의 딸》, 《마법의 술잔》 들이 있다.